月夜涙
Author Tsukiyo Rui
あゆま紗由
Illust Ayuma Sayu
英雄教室の
～現代魔術を極めし者、転生し天使を従える～
超越魔術士

イノリ
ユウマの義姉。天使になり
ユウマの前に現れる。
ユウマが大好き。
ユウマ
転生した魔術士。
魔術学園に入学する。
ファル
ユウマの義妹。
史上最高クラスの
保有魔力を誇る。
ユウマが大好き。

オスカ
ユウマの同級生。貴族。
初対面でファルの
潜在能力を見抜き、
求婚する。
キラル
ユウマの同級生。
身体能力強化に
特化した魔術士。
ルシェ
ファルの召喚獣。天狐。

異世界の神童と
至高の魔術士
「ひらひらと
小賢しい！」
オスカは激高し、限界以上に魔力を爆発させる。
すごいな、尊敬に値する魔力量だ。

「僕の勝ちだ！」
実際にオスカがそう言ったわけじゃない。
彼の表情がそう言っていた。
度胸と自信がなければできない手。
（狙いはいいが、それは悪手だ）
残念ながらそんなわかりやすい力任せの技が
通用するようなら、ファル相手に全勝できていない。
俺はその二段構えすら読み、
さらに一手先を準備していた。
脳内物質を過剰分泌させてリミッターを外し、
筋力、魔力ともに限界を超える。
地面が割れるほどの踏み込みと同時に剣を突き出した。
自信を最高速に至らせながら、
相手の勢いをも利用するカウンター。
足から腰へ、腰から腕へ、腕から手へ、手から剣へ、
芸術的な力の連動が螺旋を描き、
一切のロスなく全運動エネルギーが集約した突きとなる。
それに合わせて、筋肉繊維一本一本を意識し身体の動きに連動し、
刹那のタイミングで稼働筋肉のみに全魔力を集中させていた。
そんな真似をすれば、魔力で強化していない部分が壊れる。
そんなことは最初から承知。
神速の剣をもって身体が壊れるまでに突きを届かせる技。
剣技と魔力操作の融合。

「美味しい。
ほっとする味だ」
姉と妹と魔導教授

「良かった。
自分じゃ味見できないから
ちょっと自信がなかったの。
ファルちゃんも食べて」
「では、いただきます
……あっ、美味しいです。
これが兄さんの好物。
私も好きです。
また、作りますね」

レオニール伯爵
空前絶後の天才研究者。
孤児のユウマ達を買い取り、
魔力を増大させる実験を施す。

英雄教室の超越魔術士
～現代魔術を極めし者、転生し天使を従える～

月夜 涙

MF文庫J

CONTENTS

Assiduus usus uni rei deditus et ingenium et arte saepe vincit.

口絵・本文イラスト●あゆま紗由

プロローグ：破壊天使と魔導教授

コタツで温まりながら、姉《ねえ》さんと二人でドラマを見ている。

姉さんは休日モードの格好でノーメイク、なのにその美貌が損なわれることはない。

「ユウマちゃん、勉強熱心なのはいいけど、休日ぐらいゆっくりしよ。ドラマ面白いよ」

「ちゃんと見ているさ」

「うそ、魔導書なんて広げて」

たしかに俺は魔導書を広げて写本作業を行っている。

つい先日、地の底に沈められた大英博物館が発見され、貴重な品々の回収に成功した。

この魔導書もその一つでネクロノミコンの原書だ。

それを俺の権限をフルに使い、最優先で回してもらった。

魔導書というのは、コピーをとっても意味がない。

文字だけで成立するものではなく、書かれた文字に込められた魔力と意思が重要だ。

だからこそ、オリジナル。あるいは超一流の魔術士が文字に込められた魔力と意思まで完璧にトレースした写本でなければ、なんの価値もない。

そんな貴重なものに触れられるのは役得であり、魔術士としては心が躍る。

「これを読みたいやつは俺以外にも何百人もいる。さっさと返さないと悪いじゃないか」

勉強がてら写本を作っていた。写本があれば返してからも勉強できるのもある。

……ちなみに、こういうふうに俺の権限で集めた魔導書の写本が背後の棚にずらっと並んでおり、何重もの封印を施されている。

俺の宝物で、友人などは魔導図書館と揶揄《やゆ》する。

「もう、ユウマちゃんは仕方ない子ね」

「ちゃんとドラマは楽しんでいるよ。視界の隅に入れて並列思考の魔術を使ってね」

魔術で別人格を作り出す完全なる並列思考。俺自身は写本作業に集中し、もう一人の俺が姉《ねえ》さんの相手をしながらドラマを見ているのだ。

「……完全な並列思考なんて魔術士の奥義よ。ドラマを見るために、そんなの使ってるのはユウマちゃんぐらいね」

「勉強時間を確保するためだ。俺は姉さんと違って凡人なんだ。こういうズルをして人の何倍も勉強しないと」

「うわぁ、魔導教授がなんか言ってる」

「……その二つ名、痛々しくて、恥ずかしいから、止《や》めてくれ」

俺は魔術士としては凡人だ。

もって生まれた魔力量があまりにも少ない。

機関に所属している魔術士の中でも、下から数えたほうが早いだろう。

だから、技術と知識を求めた。

唯一の救いは、魔術士としては凡人であっても、頭脳は一級品であったこと。

技術と知識で足りないものを埋めて、ようやく天才《あね》のそばに並べる。

俺と違って姉さんは本物の天才だ。その魔力量は歴代一位。

そんな天才に追いつくために血を吐くような努力をしてきた。

「私は好きよ。魔導教授って二つ名。ほら、見て。機関のホームページ。『魔導書に愛された、人間図書館。万の魔術を使いこなし、編み出される精緻な魔術の数々は芸術的ですらある』」

「……鳥肌が立ってきた。姉さんだって、破壊天使なんて言われるの嫌だろ」

「それは嫌。痛々しすぎるよ」

機関のトップランカーたちはみんな二つ名がついていた。

その名付けが機関のお偉いさんによるため、痛々しいものが多い。

俺たちは顔を見合わせ、苦笑いした。

「お互い、二つ名呼びはよそう」

「うん、そうね」

不毛な戦いを終えて、それぞれの作業に戻る。

姉がドラマに視線を向けたまま、意識の一部をこちらに向けた。

「前から、気になっていたけど、どうして勉強の虫なユウマちゃんがドラマ見るのに付き合ってくれるの？」

「写本のついでだ」

「それは嘘《うそ》よ。だって、ユウマちゃんって仮想人格構築を覚えてから、並列思考で勉強しているもの。喜々としながら、人の三倍勉強できるって笑ってたじゃない」

いつもは抜けているくせに変なところで鋭いし、記憶力がいい。

「……姉《ねえ》さんと一緒にいるのが好きだからだ。俺が努力するのは、姉さんのそばにいるためで、姉さんと一緒の時間を楽しめないなら、本末転倒だろ？」

魔術の勉強は好きだ。だけど、それだけで血を吐くほどの努力はできない。

「ユ～マちゃん！」

姉が目を潤ませて、とびついてくる。

その瞬間、感知型自動防御結界が発動し、透明な壁が発生、姉がぶつかる。

「いじわるぅ」

「魔導書の写本中だ。これがネクロノミコンの原書だって忘れてないか？　ちょっとしたミスをするだけで数万人が死んで、半径数キロが汚染される代物だ」

先進的な魔術もいいのだが、古代魔術もいい。今の魔術とは根本的な部分が違い、だからこそ己の常識を壊し、視野を広げることができる。

「いざとなったら、私がなんとかするよ。お姉ちゃんに任せなさい」

「そのときは、この基地と超一級品の魔導書がまとめて吹き飛ぶかもな」

「ううぅ」

破壊天使。その物騒な名前は伊達《だて》でもなんでもないのだ。

「それより、ドラマから目を離していいのか？　けっこう、盛り上がってるシーンだ」

ドラマは結婚式のシーンになっている。

「あっ、あぶなっ。きれーい。いいよね、ウエディングドレス。私も着てみたいな」

「その前に相手を見つけようか」

「ユウマちゃんがいるから安心ね」

「そういうのを思春期相手に言うのはどうなんだ？　俺だって本気にしかねない」

にまーっと姉さんが笑う。

「ふふふっ、本気にしてもいいよ」

この姉は、どういうつもりなのだろうか。

俺たちは姉弟《きょうだい》なのに。

血は繋《つな》がっていないとはいえ、十年以上姉弟を続けてきた。

そんなことを言われると、俺は……。

「あれ、黙っちゃった。こういうこと、私としたいの？」

からかうように姉《ねえ》さんが言う。

ドラマの中では誓いの言葉を終えてキスをするシーンだった。

「したいって言ったらどうする？」

「はい、減点。保険つきの言葉を使うような子にはキスしてあげないよ。あっ、もしキスしたいって言ったらどうしたかなんて聞かないでね。一日、もんもんとしているといいよ」

……この姉は。

昔から、手玉に取られっぱなしだ。

「終わったね。来週も楽しみ。でも、結婚式のシーンだけはあんまり良くなかったな」

「具体的にはどこが」

「誓いの言葉。『死が二人をわかつまで』ってとこ。だってさ、死んだくらいで離れ離れになるって言われて、愛し合う二人が頷《うなず》いちゃうのよ？　私なら、絶対に首を横に振るよ」

「死んだら終わりだろう」

「そう？　もし、ユウマちゃんが死んだら、私は、そうね。天使にでもなってユウマちゃんの魂を探しにいく。ほら、この前のユウマちゃんの論文、『高位存在の証明及び、歴史に刻まれた彼らの痕跡』。天使が存在するなら、私もそうなれるよ」

「姉さんなら本当にやりそうだ」

二人して笑う。姉《ねえ》さんがもし結婚式をするなら、『死が二人をわかつまで』ではなく『死が二人をわかった後も』と言わないといけないのか。

このことは覚えておこう。

「よし、写本ができた」

「お疲れさま、これからどうするの？」

「今回得た魔術体系を取り入れた、新規術式の開発」

「相変わらずね……あれ？　お客さんが来たみたいよ」

警報が鳴り響く。

そして、個人端末にも通知音が流れ始める。

「私だけじゃなくユウマちゃんも？　トップランカーが二人も呼ばれるなんて、相当やばい案件ね」

「とにかく急ごうか」

魔術士にはランクが存在する。

そして、機関の方針としては、なるべく高位の魔術士は温存しておく。

にもかかわらず、最高ランクの俺たち二人が呼ばれた。超緊急事態だ。

俺たちは支給品のローブを纏《まと》い、部屋を出た。

◇

ブリーフィングルームには最高ランクであるSランク魔術士が全員集められていた。

モニターにとんでもないものが映っている。

「ミサイルと、人？」

誰かの囁《ささや》きに、教官が頷《うなず》き、口を開いた。

「十分ほど前、核ミサイルがアメリカから日本に向けて射出された。旧世紀の遺産。目標はどうやら、ここらしい。……それだけなら問題ないのだが、あれは魔女の箒《ほうき》であり、乗っているのは魔族だ」

全員の顔が深刻なものとなる。

魔術士の存在が圧倒的なのは概念防御という、己の存在をずらす結界があるからだ。存在をずらすことで、魔力を纏わない攻撃すべてを無効にできる。だからこそ魔術士は無敵たり得て、魔術士は魔術士でなければ殺せない。

逆に言えば、概念結界であれば核ミサイルだろうと、容易に防げる。

この世界では通常兵器の有効性は著しく低い。

しかしだ、乗っているのが魔族であり、あのミサイルが魔女の箒であれば話が別。

魔力を纏った以上、魔力攻撃であり、核ミサイルの威力を防げる結界など存在しない。

また、向こうも概念防御を使い核ミサイルごと覆っている。ありとあらゆる近代兵器による迎撃が無効化されてしまう。

姉《ねえ》さんが手を挙げた。

「つまり、あれを迎撃するには、こちらも魔術士が箒《ほうき》に乗って、特攻しないといけないってことね」

「そのとおりだ。これより、空戦チームを組んで迎撃に向かってもらう」

無茶《むちゃ》だ。一人を除いて、全員の顔にそう書いてある。

なにせ、あのタイプのミサイルはマッハ5。つまり、箒でその速度を叩《たた》き出しつつ、その速度域で戦わないといけない。

人間を超越した魔術士にとっても夢物語だ。

ただ一人を除いて。

「志願するよ。チームはいらない。私だけでいい。残りのみんなは、こっちに残ってバックアップをお願い」

誰も何も言えない。

ここに集まったのは、Sランク。世界最高の魔術士たち。

だからこそわかってしまう。自分たちが行っても姉さんの足手まといにしかならない。

俺たちはSランクではあるが、けっして姉さんと同格ではない。

ただ単に、Ｓランクが天井なだけだ。

拳を固く握りしめる。

姉さんのそばにいるために力をつけたのにまだ足りない。

そうして、姉さん一人が箒で飛んでいく。

俺たちはここに取り残された。

わずか十分後には、姉さんは箒に乗って魔族と接敵、ドッグファイトを始める。

圧倒的な力を画面越しに見せつけてくる。

そんななか、また警報が鳴る。端末を見た教官の顔が青ざめる。

「……再び魔族の出現だ。今度の箒は隕石《いんせき》だ」

あまりのスケールにあっけに取られる。

そして、モニターには姉さんの戦いと同時に、人工衛星からの映像が映った。

「直径四キロの隕石。概念結界があるため、大気圏で燃え尽きるどころか質量が減ることもない。落ちれば、すべてが終わる」

教官がやけに平坦《へいたん》な声で告げる。

世界の危機、最強は出払っている。

直径四キロの隕石を宇宙空間で砕かねばゲームオーバー。

無理ゲーもいいところだ。

だが、それでも……。

「俺に任せてくれ。隕石《いんせき》は核ミサイルのように自由自在に動けない。ただのでかい的なら、条件が揃《そろ》えば砕くことは可能だ」

「そんなこと不可能だ！　いったいどれだけの火力が必要だと」

Sランク魔術士の一人が叫び、教官以外の全員がそれに同意する。

俺はそれに不敵な笑みで応えた。

「俺の二つ名を忘れたか？　千を超える魔導書の知識、万を超える魔術、それらを駆使すれば可能だと判断した。信じてくれ」

誰が見ても不可能だとしか思えないことを、俺の積み上げた実績が信じさせていく。

教官が手を叩《たた》き、注目を集めてから口を開く。

「では、ユウマに任せよう。今回の任務を達成できるのは君だけだ。頼む」

姉《ねえ》さんのそばにいることを選んだ、そのために努力を続けてきた。

無数の知識、無数の魔術、それらを組み合わせて前へ進んだ俺だけがそれを為《な》せる。

その確信をもって、引き受ける意思を示した。

姉さんが帰ってくる場所を守るために。

第一話：魔導教授の力

直径四キロの隕石が落ちてくる。

隕石を砕かねばならないが、ただ砕くだけではだめだ。

大気圏内で砕こうものなら、砕いた破片が降り注ぎ、地球が終わる。

宇宙空間での破壊、それも大気圏で燃え尽きるサイズまで細かく砕かねばならない。

そのため、俺も宇宙に行かなければならない。

「姉さんなら、自分の魔力だけで大気圏突破できるんだろうな」

俺は原子力潜水艦内に居た。

そして、その船には大陸間弾道ミサイルが積まれている。

大陸間弾道ミサイルは上空千～千五百キロまで上ったあと楕円《だえん》軌道を描いて目標に向かうタイプのもの。

こいつの限界高度まで上昇してから自力で飛ぶことで、宇宙へと出るために必要な魔力を大幅に節約する。

有人ロケットがあればもっと楽ができるが、今すぐ使用可能なものはなく、手配している間に星が落ちてしまう。

潜水艦が急上昇。ミサイルのハッチが開かれた。

俺はミサイルの先端に立ち、魔術で風を纏《まと》い、その上から概念結界を張る。

「発射まで、あと三十秒」

カウントダウンが始まる。

ミサイルの先端に乗って、宇宙旅行なんてどうかしているとは思う。

だが、こうでもしないと俺は宇宙に行けない。

だからやる。姉《ねえ》さんが帰ってくる場所を守るために。


「発射」

ミサイルが発射される。

凄《すさ》まじいなんて言葉が生ぬるいぐらいのGが襲いかかってくる。

Gだけじゃない、ありとあらゆる環境変化が牙をむく。

それらに適応するため、さまざまな魔術を展開していく。

これらをアドリブでやれるほど、演算処理能力も術式構築速度も反射神経も良くない。

姉さんみたいに秒速数キロ単位の世界で戦えるような化け物じゃないのだ。

だから、計算して、指定したタイミングで次々と術式が発動するように仕込んでおいた。

凡人の俺にだって、入念な準備をしておくことは可能。

そうすることで天才にだってできないことをやってみせる。

そして、大陸間弾道ミサイルが限界高度に達《たつ》すると同時に、それを踏み台にして宇宙に飛び出る。

「ここが宇宙か」

風を含んだ結界があるうちは死にはしないが、猶予はあまりない。

端末から届けられた位置情報を頼りに、宇宙の海を泳ぐ。

衛星通信によるバックアップがあるからこそ可能な芸当。

魔術は素晴らしい。しかし、万能ではない。

近代魔術士のあるべき姿は、科学と魔術の融合。

俺はそう確信し、そうしてきた。

そして、ようやく目標を目視で捉える。

まだ、点のようにしか見えない。それを科学の目であるゴーグルの機能で拡大していく。

……さすがは直径四キロの隕石《いんせき》、圧倒的な存在感。

力ずくでは絶対に砕けない。

星を一撃で砕くなんて真似《まね》は、姉さんでも無理だろう。

だから、技と知識を活《い》かす。

「魔導教授だ。目標を捕捉。例のものは借りられたか？」

『こちら管制室。スーパーコンピュータの使用許可を得ました。そちらに制御を渡します』

これで前提条件をクリア。

解析魔術によって、徹底的に目の前の物体を解析する。

ありとあらゆる魔術を複合的に使うことで設備がない状態でも、隕石《いんせき》を丸裸にできる。

今から使う魔術にはそのデータが必要なのだ。

俺が使う魔術。それは【連鎖破壊】。

外から壊すのではなく、分子同士の結合を解いて物質を自壊させる。そして、自壊した際に生じるエネルギーを使い次の自壊を引き起こす。その現象は波紋のように連鎖していき、一つの物質を完全に消滅させてしまう。

これならば、連鎖の一つを引き起こすだけで巨大な物質……隕石だろうと破壊可能。

ただし、物質の性質、大きさ、形状、ありとあらゆる要素を測定し、演算が必要。

人間の脳では不可能だ。

だからこそ、国中のスーパーコンピュータを借りた。

自らの意識とスーパーコンピュータを魔術でリンクさせる。

足りない演算能力を、スーパーコンピュータで補う。

人間の脳はGPUが優れていてもCPUはコンピュータの足元にも及ばない。

そうであるなら答えは一つ。GPUによる計算を脳で行い、CPUをスーパーコンピュータに肩代わりさせればいい。

（これこそ、俺が目指した科学と魔術の融合）

人と機械を繋《つな》ぐ。解析魔術のデータをスーパーコンピュータに流し、スーパーコンピュータで演算された答えが俺の脳に戻ってくる。

これを使用可能なのは、この世界で俺一人。

姉《ねえ》さんにだって使えはしない。

凡人《おれ》が天才《ねえさん》に追いつくために編み出した、一つの結論。

演算が終わる。

結果を反映して、あの星を砕くのに最適化した術式へと【連鎖破壊】を再構築。

しかし……。

（魔力が足りない。隕石なんて多種多様のパターンがある。サイズじゃなく構成要素によって消費魔力は千差万別。……魔力が足りない可能性もあったが、ここでババを引くか？）

背筋が凍りそうだ。

想定以上にあの隕石の構成が厄介で、初めの一連鎖を引き起こす魔力すら足りない。

正確に言うならば、連鎖を起こすこと自体はできる。

だが、地球に戻るための魔力が残らない。

つまり、あれを破壊するための魔術を起動したら最後、俺はこの広い宇宙に取り残されて死ぬしかなくなる。

紅《あか》い星が迫ってくる。

美しくすら感じる。

肉眼では点でしかなかった星が今やバスケットボール大に見える。

時間はもう残されてない。

端末には、さきほどからひっきりなしに連絡が入って俺を急《せ》かしている。

「死にたくない。……いや、違う」

俺は死にたくないわけじゃない、姉《ねえ》さんと離れ離れになるのが嫌なんだ。

ふと、ドラマの結婚シーンについて語る姉さんの言葉が浮かび、自然と笑みがこぼれた。

「そうか。それなら。選ぶ道は一つしかないな……【連鎖破壊】」

術式を組み上げ始める。

俺の魔力が根こそぎもっていかれる。

スーパーコンピュータの演算能力を借りなければ使えない、超高度術式が顕現していく。

俺が生きて帰ることは不可能になった。

死ぬことは確定。

だけど、後悔はしない。

俺が恐れるのは死ぬことではなく、姉さんと離れ離れになること。そうならない方法は見つけてある。

さっき、ドラマを見ながら姉さんが放った言葉にヒントがあったのだ。

『誓いの言葉。『死が二人をわかつまで』ってとこ。だってさ、死んだくらいで離れ離れになるって言われて、愛し合う二人が頷《うなず》いちゃうのよ？　私なら、絶対に首を横に振るよ』

死んで終わりなんかじゃない。

死んだあとに打てる手がある。

姉は天使になって魂を探すと言ったが、俺はそんな真似《まね》できる気がしない。

だけど、俺なりの方法は考えつく。

「砕けろおおおおおおおおおおおおおおおお！」

手で銃を形作り、指先から魔力の弾丸を放つ。

直径四キロもの隕石《いんせき》に対して、数センチの魔弾。

あまりにもちっぽけで無意味に見える。

しかし、俺はこの時点で成功を確信した。

最初は何も起きなかった。

数秒後。小指の先ほどの石が白い閃光《せんこう》と共に隕石の表面で砕けた。それが始まりだ。波紋が広がるように破壊が連鎖していく。

連鎖は終わらず、広がり続けていき、白い閃光が視界を埋め尽くす。

完璧な計算が導き出した答えが、目の前にある。破壊は一度たりとも途絶えることがなく、隕石《いんせき》を粉々にした。
「任務完了だ」
司令部に、報告を入れる。
端末から、俺を褒《ほ》め称《たた》える声と、すぐに帰ってこいという声が響く。
「すまないが、帰るのに必要な魔力が残ってない。お別れだ」
俺はそれだけ告げて、端末を切った。
本当は仲間たちに、なにより姉《ねえ》さんに別れの言葉を伝えたかった。
だが、それをする時間すらもったいない。
俺の周囲に風を留《とど》める結界、それを維持するための魔力すら供給を止めた。
最後の魔術を使う、魔力と時間を確保するために。
あと二十秒。それが俺に残された時間。
その間に、『死が二人をわかった後も』に繋《つな》げる魔術を使って見せる。
残りカスのような魔力をかき集める。
（転生して、会いに行く。……まるでおとぎ話だ）
内心で自嘲した。
俺が近年、集中的に取り組んでいたのは魂の研究。
その中で魂が巡ることを証明した。

死ねば魂は高位の世界、便宜的に天としよう。そこに昇る。

そこで、生きている間に染み付いた想《おも》い、経験、魔力、そういうものをすべてが洗い流されて、漂白されて、まっさらにされる。その後は地上に降りてきて新たな生命に宿る。

まれに前世の記憶なんて言うやつがいるのは、その洗浄と漂白が不十分なやつだ。

……なら、洗い落とせないほど、塗りつぶせないほど、強く強く己を魂に刻みつければ、俺は俺のまま生まれ変われる。

まだ、理論構築段階。むろん、実証も実験もできてない。

だが、それにかける。

大事な人たちへ、さよならを言う時間すら削って得た二十秒を絶対に無駄にはしない。

さあ、紡げ、俺のすべてをかけて。

普段の俺なら、そんな真似《まね》できるはずがないとやる前から諦めただろう。

だけど、今はできる気がする。

否、やらねばならない。

姉さんと離れたくない。

約束を破りたくない。

その執念が不可能を可能にしていく。

さあ、今、ここで奇跡の魔術が紡がれた！

「【輪廻刻印】」
生まれたての魔術を使用する。
魂に己を刻んでいく。
傷つけられた魂が軋《きし》む。
その痛みが愛《いと》おしい。
俺が俺であった証《あかし》なのだから。
壊れない限界まで強く刻み終える。
「これだけ強く魂に俺を刻んだんだ。神様にだって消せやしない」
魔術は成功。
あとは理論の正しさを信じるだけだ。
宇宙で己を守るための結界が維持できなくなった。俺を守るものはもう何もない。
ゆっくりと目を閉じる。
生まれ変わったら、すぐにでも姉《ねえ》さんのもとへ行こう。
あまり待たせたら姉さんは怒るだろうし……悲しむだろうから。

第二話：魔導教授は転生する

俺の理論は正しく、即興で作った魔術も完璧だったようで転生に成功した。
そして、健やかに育ち五歳になっている。
……ただ、困ったことがあるとすれば。
（転生先が異世界とはな。おかげで姉さんに会いに行けない）
眼前に広がる光景は近世手前のヨーロッパのよう。
そして、魔法や魔力が俺の世界よりもずっと広まり日常生活に浸透している。
とはいえ、誰もが魔力を持っているわけではなさそうだ。
感覚的に言えば、二十人に一人ぐらい。多くはないが少ないとも言えない。
そして、今は貴族の馬車、その前に並んでいた。
列を作っているのは俺を含めて貧しい身なりの者たち。
貴族の馬車に乗っているのは人買いで魔力を持っている子供だけを買っていく。
子供を買っている連中は犯罪者ではない、国営施設の者たちだ。
魔力持ちというのは便利な存在として見られている。
常人に比べて圧倒的に強く、こうして金で買った子供なら、洗脳して忠誠心を抱かせながら訓練を行えば、強力かつ便利な道具にできる。

魔力持ちを産んだ親は金が入って幸せ、国は使い勝手のいい駒が手に入って幸せ、売られる子供以外はみんな幸せになる。

（そんなことがまかり通るぐらいには人の命が安い世界だ）

俺の順番が近づいてくる。

馬車の中では子供の魔力量を測定しており、すすり泣きや怒声、歓喜の声が響いてくる。すすり泣きや怒声が子供との別れを悲しんで……というのなら救いはあるのだが、そうではない。チェックした結果、魔力持ちじゃないとわかり買ってもらえない、あるいは魔力量が少なくて安い値段がついたことに対して親がそうしている場合がほとんど。

（ここは地獄だ）

この区画はスラム。掃き溜《はだ》めだ。

そして、俺もここを根城にしている。

少々、面倒な境遇に転生したせいでもあり、表と違って、力さえあればなんでもできるところが気に入ったからでもある。

いよいよ、俺の番がやって来た。

「親はどうした、坊主」

「俺は孤児だ。俺が俺を売りにきた」

兵士たちが戸惑う。

自分を買えという孤児が現れるのは想定していなかったようだ。

俺はこの世界に起きた最後の戦争で、どこかの兵士が娼婦《しょうふ》に産ませた子供。

そして、母は俺を産んでまもなく死んだ。

その後は、娼婦仲間が育ててくれて、三歳からは一人で生きてきた。

俺を育ててくれた人たちには感謝しているし、恩返しもしている。

兵士たちは、俺を見てひそひそと話し始めた。

どうやら、俺のことを知っているらしい。

「待てよ……まさか、その黒髪、その整った顔、その目つき。おまえは黒い魔狼《まろう》か」

「そうだ」

三歳からの二年間、いろいろと武勇伝を残している。

舐《な》めてくる相手を力でねじ伏せて生きてきたし、生きるためにいろいろと無茶《むちゃ》もしてきた。汚い仕事を行う五歳児はよほど異端なようで、このあたりでは有名人になっている。

……そして、前世と同じく痛々しい二つ名をつけられた。

「黒い魔狼さんがなんでわざわざ？」

兵士たちの纏《まと》う空気が変わる。

俺を幼児として見るのをやめ、対等な相手として見るようになったからだ。

「買われた子供たちは教育を受けられると聞いた。成績が良ければ貴族の養子になれるとも。俺は、この生活から抜け出したい」

これは本音ではあるが、本当の目的はその先にある。

元の世界へと行く。

今ある知識と設備だけでは世界を渡る魔術構築は不可能。

こちらの世界の知識、技を磨く環境。なにより高度な魔術を使うために必要な触媒と設備を揃《そろ》えるためには人脈と金がいる。

「おもしれえな、ちんちくりんのくせに、目も口も頭もぜんぶ大人だ。いいぜ、買ってやる。ほら、魔力があるかのチェックだ。この水晶に魔力を込めろ」

今の体は極めてスペックが高い。

頭脳明晰《めいせき》、容姿も優れ、運動神経も申し分ない。

娼婦《しょうふ》たちは俺を見て、貴族の種から生まれた子だと噂《うわさ》していたぐらいだ。

三歳から、前世の知識を駆使し、優秀な肉体を作るために最適な栄養素を摂取しつつ、最適な訓練を行い、さらには魔術で肉体改造をすることで、理想的な成長を続けてきた。

……しかし、魔力だけは低い。

魔力は魂から溢《あふ》れるもの。

だからこそ、前世と変わらず中の下、凡人だ。

このまま測定すれば、それなりな評価しか受けず、その評価なりの場所に押し込められ、ろくな教育を受けられないだろうし、貴族と縁ができることもない。

（高く買われ、良い教育を受けるにはズルが必要だ）

少ない魔力を補う手を、俺は何百と持っている。

魔力が少ないのは前世からのコンプレックスであり、魔導教授と呼ばれるほどの知識と技はコンプレックスを乗り越えるために手に入れたもの。

魔力を高める。普通ならこれをそのまま水晶に叩《たた》きつける。

しかしだ、俺はその魔力を循環させることで体表に留《とど》め、さらに魔力を生み出す。先の魔力と今の魔力を束ね、さらに魔力を生み出し、それすらも束ねる。

魔力の超圧縮という技術だ。

その超圧縮した魔力を一気に解き放つ。

「すっ、すげえ、こんな魔力量、見たことねえよ。間違いねえ、こいつは特級だぜ」

……俺は薄く笑って頷《うなず》く。

一度に放出できる魔力が少ないなら、留めて、束ねて、爆発させればいい。

そして、俺はそれを目の前でやっても気付かれないほどうまく隠せる。

事実、目の前の男はなんの疑いもなく、膨大な魔力を持つ子供と認識した。

これで望みどおり、高く買われ、いい施設に入ることができる。

そんなことを考えていると拍手の音が聞こえたので、そちらを向く。

馬車の奥から、身なりがよく、モノクルをかけた男が現れた。

「へえぇ、君、面白い。面白いよ。すごい、すごいね、なんてすごい、魔力制御」

あまりの驚きにポーカーフェイスが崩れかけた。

今、この男は魔力量ではなく、魔力制御と言ったのだ。

俺の手品を見抜いている。

「ああもう、怖い顔しないでよ。僕はね、君を気に入ったの。この子の配属先、僕の施設にしてよ。してよというか、けってー。上には僕から言っとくから」

「レオニール伯爵、ですが、あそこはっ」

「君、この子はもったいないって言う気でしょ。それは違うよ、あの実験は、すばらしい才能を使わないと意味がないの！　僕の研究が完成すれば、究極の魔術士が完成する。いくら僕の研究がすごくても、材料がしょぼかったら、どうにもならないんだよね」

レオニール伯爵という男は、身振りも声もまるで子供のように見えた。

「ですが、今まで何人もの素晴らしい才能が無駄になっているのですよ。やはり、彼はファルスラナ侯爵のもとへ預けるのが最適かと」

「無駄とは僕にも彼らにも失礼だね。研究はトライアル&エラーだよ。失敗して、学んで次に活《い》かす。僕は一度たりとも無駄な実験はしてないよ。……ということで彼は僕がもらうことに決定したから。君、僕に意見できるほど偉くないでしょ。わきまえて。あとね、ここ、もうほかの掘り出し物なさそうだし、ここからは勝手にやっといて」

そうして、レオニール伯爵と呼ばれた男はまた馬車の奥に引っ込んでいく。

その前に、もう一度俺の顔を見た。

「んん？　その髪、濡《ぬ》れた黒。それに、その目、どっかで見たような。まぁ、いっか。おやすみ、おやすみ」

今度こそ、レオニール伯爵は消えていった。

俺の測定をやった男は立ち尽くし、それから肩を落とした。

「すまねえ、なんとかしてやりたかったが、無理だったようだ。がんばれよ、坊主」

男の俺を見る目に同情心があるのは気のせいじゃない。

魔術にかかわるものには、踏み外してしまうものが多い。

レオニール伯爵の目は、踏み外してしまったもののそれだ。

そこへ行けば俺は実験材料にされるだろう。

「面白い」

前の世界では、人体実験など許されなかった。

近代魔術はさまざまな科学の助けがあり、効率的に研究できるにもかかわらず、古代魔術に劣る点が多い。

それは人権や倫理、そういう足枷《あしかせ》があったからだ。

ただ魔術の発展だけを考えるなら、人間、それも魔力を持った者を実験に使うのがもっとも効率的なのは間違いない。

タブーを犯してまで得た研究成果を自分のものにしてしまいたい。

「面白い、っておまえ！　わかってないだろう。あそこは。いっ、いや、なんでもない」

そこまで言って、男は口を閉ざす。

口止めされているのだろう。

「俺は買われたんだ。どう使われても文句は言わない。それより、俺の代金をくれ」

「普通は親に渡すんだが、そんなもん、どうするんだ？」

「金は使えるさ。どこでもな」

「わかったよ、ほら」

そう、どこでも。

この世界でも金はある意味最強の武器。

渡された金貨入りの革袋はずっしり重い。

特級の魔力持ちの値段はなかなかのようだ。これだけあれば、いろいろとやりようはある。この金は剣にでも盾にでもなってくれるだろう。

第三話：ファルシータ

買われた子供は全員、大きな建物に集められて体を洗われて、清潔な服を着せられてから、出荷された。

出荷先はそれぞれであり、子供たちの才覚によって振り分けられているようだ。

俺が連れていかれるのはレオニール伯爵の研究所。

(もう少し、ましな馬車はないのか)

先ほどから馬車の揺れが酷《ひど》い。

ひときわ大きく揺れた。

すると、隣にいた少女がバランスを崩してしがみついてくる。

そっちを見ると、慌てて離れていく。

「あの、その、ごめんなさい。わたし、わざと、わざとじゃないですから、ぶたないで」

そのまま頭をかばって小さくなる。

とても可愛《かわい》い女の子だ。俺と同じぐらいの年頃、美しい金色の髪に白い肌。裕福な家の子だろう、でなければこの髪と肌の艶はありえない。

しかし、反射的に頭をかばう仕草は普段から虐待を受けていることをうかがわせる。

「別にこれぐらいで文句は言わないさ。それより大丈夫か？」

「あり、ありっ、ありがとう、ございます」

「君も売られたのか」

「はいっ、おかあさまに」

「ひどい母親もいたものだ」

「ちがっ、おかあさまじゃない、おかあさまで、おかあさまなら、こんなこと」

つたない言葉だが、だいたいわかった。父親が再婚でもしたのだろう。

彼女を売ったのは新しい母親のほう、金に困って売ったというより、前妻の子が煩《わずら》わしくなったというところか。

そして、レオニール伯爵がわざわざ、よそに行く予定だったのを無理やり横からかっさらったらしい。

こうして見るとその理由は一目瞭然だった。

「すごい魔力だ」

「そう、ですか？」

本人は首をかしげているが、とんでもない魔力を持っている。この子は特級品だ。

「俺はユウマだ。同じところに連れていかれるみたいだし、仲良くなっておいたほうがいいだろう」

「はっ、はい、わたし、ファルっていいます。よろしくです」

常に敬語だし、育ちの良さを感じる。

彼女とは仲良くしておこう。

彼女の魔力量は異常、このまま育てば規格外の魔術士になる。親交を深めれば必ず役に立ってくれる。……悔しいことにどれだけ工夫を凝らしたところで、もって生まれた魔力量がないとどうにもならない魔術も多い。

世界を渡るために彼女の力を借りる必要があるかもしれない。

また馬車が揺れた。

倒れそうになるファルを支える。

「あっ、ありがとうございます」

「危なっかしいな。俺につかまっていろ」

「あっ、あの、いいんですか？　わたし、なんかが」

わたしなんか……こんな可愛《かわい》い子が、この歳《とし》でそんなセリフを言うなんて。

「もちろんだ」

そう言うと、おずおずと俺の腕にくっついてくる。

小さい手だ。

「あったかいです」

また揺れたが、俺にしっかりつかまっていたこともあり、ファルがバランスを崩すことはなかった。

そして、そのまま俺の腕を枕にして眠ってしまう。

「守ってやりたくなるな」

彼女に優しくしようと決める。

打算はあるがそれだけじゃない。この子が昔の自分に重なる。

昔、施設で俺にかまってくれた姉《ねえ》さんもこんな気持ちだったのかも。

俺は落ちこぼれで、内向的な性格で一人ぼっちだった。

そんな俺に姉さんだけが声をかけてくれた。

俺は姉さんに救われた。だから、この子が望むなら、あのとき俺が姉さんに救われたように、救ってあげたい。

◇

レオニール伯爵の研究所……もとい、実験施設につき、教室と呼ばれる場所に通された。

授業風景は普通だった。俺と同じぐらいの子たちに文字の読み書きを教えている。

「あっ、来たね。僕の愛《いと》しいエンジェルたち、この二人は僕がわがままを言って連れてき

てもらった特別な子たちなんだ。みんな、仲良くしてあげてね！」

……間違いなく、レオニール伯爵は教師に向いてない。

こんなことを分別のない子供に言えば、俺たちがイジメの対象になりかねない。

子供は嫉妬深い、新入りが特別扱いされようものなら団結して排除しようとする。

「えっと、自己紹介しよう！　って言いたいところだ・け・ど。それは休憩時間にでも適当にやっといてね。今からは特別授業、君たちの先輩が何をしているか、見せてあげる。ほらほら、ついてきて」

異様なテンションで、レオニール伯爵がスキップして先導していく。

そして連れてこられたのは、壁一面がガラスの部屋。そのガラスからは下の階が見渡せる。そこには、十～十二歳ぐらいの子供たちがいた。

「見てみて、あれが僕の研究所で鍛え抜かれた子たちだよ。ここでがんばるとあんな立派な少年少女になれるんだぁ」

彼らは剣を用いた訓練の最中だった。

非常に高度な剣技を身につけ、高速戦闘中に魔術を使ってみせた。

単工程の魔術とはいえ、動きながら使うというのは高等技術であり、それをあの歳《とし》で誰もができているのが信じられない。

それに体がよく出来ている。精神論や厳しい訓練だけならああはならない。

適度の休息と考え抜かれた食事が必要。ここには子供を強くするためのノウハウがあり、それを徹底しているのがわかる。

それだけでも、ここに来たのは正解だったと思える。

「すごいよね、あこがれるよね。ここまで強い子供を作れるのはウチぐらいなんだよ。人間としては、いいとこいってると思わない？」

人間としては、そのセリフを言ったとき、レオニール伯爵の目が怪しく光った。

「でも、すっごくすっごく残念なことにね。人間の枠は超えていないんだよ。一番大きなネックは魔力だね。魔力っていうのは、頑張っても成長しない。生まれ落ちた瞬間には決まっているんだよ。僕は魔力が少なくてね、それがすっごくコンプレックスだった」

頷《うなず》く。それは俺も同じだからだ。

俺は魔力が少ないことをごまかす技を磨き、少ない魔力でもできることを増やした。

「僕はそれをどうにかしたくてね、それを研究テーマにしたんだよ。魔力量を増やす。魔力を持たない人間に魔力を持たせる。それができたらすごいと思わないかい？」

それは問いかけじゃない。彼は答えなんて求めていない。

そんな真似《まね》ができるならすごいに決まっている。

かつての俺はそれを不可能だと切り捨てた。

「人間の扱える魔力量が決まっているのは、魔力が魂によって作られているからなんだよね。魂を鍛えることはできなくて魔力が増えない。……でもね、僕はある日気付いたんだ。人間以外はどうだろうと。調べてみてわかったんだけど、魔物や魔族って、魂じゃなくて血で魔力を生み出してる。ビンゴっ！って叫んだね」

血で魔力を生み出すだと。

魔族とも戦ったことがあるが、気付かなかった。言われてみれば、たしかにそうだ。魔族の魔力の扱い方を見て感じていた違和感はそこか。

「僕は考えたんだ。人間の血に魔物や魔族の血を混ぜちゃえっ。そしたら、魂と血、両方から魔力が出せる。革命だよ！　面白そうだよね。ほら、見て。その実験体が彼さ」

ガラス越しで、一人の少年が頭を抱え始めて、倒れた。

彼は血走った目で、咆哮《ほうこう》する。

そして、爆発的な魔力を放った。……すごい、すごいぞ、これは。

量自体は、姉などと比べると劣る。

特筆すべき点は、二種の魔力があること。魂と血、両方から魔力を放っている。

魔物の血と人間の魂の融和。

それをレオニール伯爵はすでに成功させていた。

しかし、一度溢《あふ》れた魔力はとどまることを知らない。彼は叫びながら暴れ続ける。

見境なく。ただ、我を忘れて。

そして、やがて魔力を出し切って干からびて死んだ。

「ま〜た、失敗か。でも、いいデータがとれたよぅ。一歩前進！　う〜ん、魔物の血を定着させることには成功したんだけど、いかんせん制御できなくてね。僕は今、二つのアプローチをしているところなんだ。薬や魔術を使った親和性の向上。それから、君たちをここで育てているみたいに魔物の血に負けない強い体を作ること」

そこで初めて、レオニール伯爵は俺たちに目を向けた。

そして、俺たちへと言葉を放つ。

「死にたくなかったら、強くなってね。十二歳になったら、みんなに魔物の血をぶち込むから♪　ああはなりたくないでしょ。さあ、帰ろうか、授業だ、授業」

スキップして教室に戻るレオニール伯爵。

怯《おび》えて泣き出す子供たち。

ファルが泣きそうな顔でぎゅっと、俺の裾を掴《つか》んだ。

「安心しろ。ファルは死なせない」

泣きそうな顔のまま頷《うなず》くファルの頭を撫《な》でてやる。

「はっ、はい、ありがとうございます！」

そして、ファルが少しだけ表情を柔らかくして、前を向いた。

俺はファルに顔を見られていないことを確認して、笑い、見る。

干からびて死んだ先輩と、そこからこぼれた血を。

見るだけじゃない、解析魔術を使う。

わかる、わかる、レオニール伯爵が魔物の血に適応させるために何をしようとしたか。

ああ、こんな方法があったなんて。そうか、彼は天才だ！

この研究はあと数年で完成させられる。……俺が前世で培った知識と技術があれば。

だが、真正面から伝えても研究者のプライドが邪魔をして聞いてくれない。だから、気付かれないように導く。

俺はこれからモルモットになる。

彼はありとあらゆる手段でデータを取ろうとするだろう。問診も多く行う。

データの改竄《かいざん》で、問診の答えで、レオニール伯爵を誘導して研究を完成に導く。

そうすれば、俺は強い魔力を手に入れられる。魔力量が少ないという前世からのコンプレックスを解消し、世界を渡るという大魔術の完成に近づく。

ここに来られたのは運がいい。こんな研究、前世なら絶対にできなかった。

◇

一週間ほど研究所で過ごしたが、ここの授業は思った以上に楽しい。

レオニール伯爵が仕切っているだけある。おそらく、この国の最先端。

おかげで、この世界の常識や魔術理論を急速に吸収できた。

（ただ、悪い予想が当たってしまったな）

俺が懸念した通り、俺とファルはイジメにあっている。

特別扱いされている俺たちへの嫉妬によるもの。

直接手を出してくるわけじゃないが、無視をしたり、物を盗んだり、聞こえるように陰口を叩《たた》いたりと、陰険な手を使う。

俺のほうは気にしていないが、ファルはかなり参っていた。

日に日に、表情が消えていき、今では自分から口を開くことがなくなり、必要最低限のこと以外しようとしない。

傍目《はため》には、平気なように見える。実際、クラスメイトたちはそう思って、イジメがエスカレートしつつある。

しかし、平気なんかじゃない。

目立つことが怖くて、少しでも自分を消したくて必死なだけだ。

（そろそろ限界か）

あえて、助け舟を出してこなかった。彼女の今後を考えると一度限界まで追い詰められたほうがいい。

今日の授業が終わり教師がいなくなると、ファルがクラスメイトたちに囲まれた。

「生意気なんだよ、おまえ」

「私たちのことなんて、視界にも入ってないって感じ」

「スペシャル様は違うよね」

ファルは顔を伏せて、ぎゅっと膝の上で拳を握りしめていた。

何も反論しない。今までと同じく無反応。いや、違う、かすかに口が動いた『助けて』と。

やっと彼女が助けを求めた。

俺は、そんな彼女のもとへ向かう。

わざとらしく音を立てると俺に注目が集まる。

「劣等感を抱くのは勝手だ。だが、それはおまえらの問題で彼女の問題じゃない。押し付けるな、見苦しい」

邪魔したのが、よっぽど気に食わなかったようで、ファルへの敵意が俺に向けられる。

子供たちの中心人物であるアレクが一歩前に出た。

「こんなやつをかばうのか」

アレクはそれなりに魔力量があり、体が大きく、頭もいい。

もし俺とファルがいなければ、彼こそがここでスペシャルだった。

「そうなるな」

「……おまえも俺たちを見下しているんだろう」

「見下しもするさ。実力じゃ勝てないからって、陰険な手を使う見下げ果てた下種《げす》。今もこうして、女の子を大勢で囲んで詰め寄って。自分が情けなくはならないのか？」

嘲笑してみせる。

俺が彼らを見下すのは能力がないからじゃない。品性が下劣だからだ。

ただ能力だけを見るなら、彼らは優秀だろう。

五歳やそこらで、これだけ難しい言葉を使っても理解できる。レオニール伯爵の授業にもついてくる。将来のことを考えるとうまく付き合ったほうがいいかもしれない。

だが、いくら優秀だとしても下種な連中との交流はごめんだ。

「ぶち殺す！」

アレクが拳を振り上げてくる。

訓練を受けているだけあって、それなりにちゃんとしている。モーションは最小限かつ腰が入ったいいパンチだ。

……まあ、それでも俺が脅威だと思うレベルには程遠い。

力のない拳を最短距離で走らせる。この状況なら手打ちでいい。

向こうが突っ込んできている。その勢いを利用すれば十分な威力になる。

先に俺の拳が当たった。

「いてっ」

アレクが鼻を押さえて蹲《うずくま》った。鼻血がこぼれていた。

「ファル、行こうか」

俺はファルに向かって手を伸ばす。

俺が今までファルを助けなかったのは、ファル自身が心から助けを求めなければ、本当の意味で救うことができなかったから。

そして、ファルがどういう子か見たかったのもある。

優しい子だった。だからこそ守ってあげたい。

「あっ、あの、どういう」

「いろいろと考えてみたが、君と仲良くなりたい。まずは話をしよう。美味《おい》しいお茶とお菓子があるんだ」

ファルはおずおずと俺の手を見ていた。

「わたし、なんか、でっ、いいんですか？」

「ファルがいい。それと、これからは『なんか』を使うのを禁止する。それはファルには似合わない」

「そっ、そんな、そんなことないです。だって、わたし、いらないこで、うられて、ここでもみんなに。みんな、わたしなんていらないんです」

どれだけ辛《つら》くても……いや辛ければ辛いほど、息を潜めて消えようとするのは、そうしないと生きていけない、そんな生活を強いられていたから。

必要ないと言われ続けて、目立てば怒られて、消えるしかなかった。

そんな彼女を救う方法は一つしかない。

「みんなじゃないだろう？　俺はファルを認めている。才能があって、可愛《かわい》くて、優しい素敵な女の子だ。ファルがほしい」

彼女を救う、たった一つの方法。それは彼女がほしいと言い続けること。

その役目を果たせるのは俺だけだ。

ファルが驚いた顔をして、それから目に涙を浮かべて俺の手を取った。

「わたしが、ほしいんですか？」

「ああ、ほしい」

「うれしい、はいっ、わたし、ユウマさんのです」

……ちょっと危険なセリフだ。

だが、それをこのタイミングで否定するのは、せっかくファルが変わろうとしているきっかけを潰《つぶ》すに等しい。折を見て、なんとかしよう。

「てめえ、無視すんな！　くそっ、鼻血がっ。おまえら、囲め。相手はたった二人だ」

アレクが叫ぶが、クラスメイトたちの動きは鈍い。無理もない。中心人物であるアレクがあっさりと倒されたのだから、怖いに決まっている。

「やってみるといい。だが、俺は殴られたら、殴り返す。そこの馬鹿みたいになりたいならかかってこい」

いくら優秀でもまだ子供だ。怯《おび》えて固まっている。

「さあ、行こうか。ファルのことを聞かせてくれ」

「はいっ！　あの、ユウマさん、しりたいです」

「それがいいな。それから、後で護身術を教えよう。自分の身は自分で守れるようになっておかないとな」

「めいわく、ちがいます？」

「ぜんぜん。むしろ、ファルが強くなってくれたほうが安心できる」

「がんばります！」

やるなら徹底的にやろう。

もう二度といじめっ子に負けないように。

前世で考案し、今も実践している最高の肉体を作る鍛錬。ファルという最高の才能がそれを実施すればとんでもない魔術士に育つだろう。

第四話：魔導教授は導く

レオニール伯爵の研究所に来て、すでに六年たち、十一歳になっていた。

ここは思った通りすごい。

レオニール伯爵は天才であり、その天才が本気で強い子供を作ろうとその知識を最大限に発揮したのだから当然だ。

六年もいればいろいろと見えてくるのだが、ここの卒業生たちはみんな優秀で、だからこそレオニール伯爵の蛮行が許されている。

彼はすべての子供を潰《つぶ》しているわけじゃない。上に言われている最低限のノルマ分は生き残らせて出荷しているのだ。

「兄さん、起きてください」

親愛の籠もった声が響き、柔らかくて温かい手が俺を揺さぶる。声も手も心地よくて、ずっとこうしていたい誘惑にかられるがなんとか体を起こす。

「ファル、おはよう」

「寝坊なんて珍しいですね」

「昨日、遅くまで研究していたせいだ。ちょっと熱が入りすぎた」

俺を兄さんと呼んでいるのは、同じ日にここへやってきたファルだ。

ファルに手を差し伸べたあの日から、ずっと一緒に過ごしてきた。

あれからもイジメはあり、俺が鍛えたファルと一緒に、少々てひどい報復をしてからは、徹底的に避けられるようになった。

おかげでファルはべったりと俺に依存し、四年前、お兄ちゃんになってくれと真っ赤な顔でお願いされた。

……そのとき、姉《ねえ》さんの言葉を思いだした。『私のことはお姉さんだと思ってね。ユウマちゃん』。

その言葉にどれだけ俺は救われたか。

だから、断らなかった。それに、俺はファルが可愛《かわい》くて仕方ない。

彼女の兄になってからというもの、それまで以上にファルは俺にまとわり付いている。

「にしても、ファルは綺麗《きれい》になったな。これだけの美少女になるとは」

「なっ、なっ、いきなり何を言うんですか⁉」

あっ、照れてる。出会った頃からファルは可愛かったが、成長するにつれて可愛いだけじゃなく綺麗になってきた。

今じゃ、かつてファルをいじめていた連中すら、横目でファルを追っている。

「もう、朝からからかわないでください。それより、早く起きてください。兄さんはこれから検査ですよね」

「ああ、そうだな」

「最近の検査、ちょっと変なのが多いです……いよいよ、あれなんですよね？」

あれというのは魔物の血との適合実験。

ここにいれば、それを施された子供たちを日常的に目にする。

子供たちも、初めの一、二年は怯《おび》えていたが、今ではそれが当たり前になって慣れた。

「ああ、そうだな。検査とは言っているが、実際は適応力を上げるための投与だ。そろそろ、薄い魔物の血を注入し始めるだろう」

「……怖いです。私、魔物の血なんて、嫌です」

ファルの肩が震えている。

そんな彼女を抱き寄せてやる。

「ファルへの投薬が始まるまえに俺がここから連れ出してやる。ファルは強くなった、もう大人の力なしで生きていけるさ」

長く住んでいる間に、この施設のことは知り尽くした。

彼女一人を逃がすぐらい容易《たやす》い。

そのための準備もしている。

ファルに優しくし始めたのは、彼女の強大な魔力を利用するためだった。

だけど、兄と慕ってくれるこの子に情がわいている。

それぐらいの手間はかけるし、リスクも負う。

「兄さんは一緒に逃げないんですか？」

「ああ、俺は力がほしい。だから、実験を受ける。安心しろ、俺は死なない」

少しずつ、レオニール伯爵の研究を誘導している。

そして、俺は彼のお気に入りになっていた。彼の書斎や研究資料の閲覧許可も得て、最大の理解者となっている。ここに六年もいたのは、その六年を使ってもいいと思うほど充実した時間が過ごせるからだった。着実に世界を渡る魔術に近づいている。

姉《ねえ》さんと再会するための最短経路がここだ。

ファルがなにか言いたげに俺の顔をじっと見て、珍しくきりっとした顔をつくる。

「なら、私もここに残ります。実験より、兄さんと離れ離れのほうが怖いです」

「そっか」

苦笑する。ファルは意外にがんこだ。止めても聞かないだろう。

ここに残るのは怖いだろうに、俺と一緒にいることを選んでくれたことがうれしい。

とはいえ、なんとかしないとまずいな。

レオニール伯爵の研究が前進しているとは言っても完成にはまだ遠く危険だ。

何より、彼女がこの実験に耐えられない理由がある。

このままここに留《とど》まれば、二年以内に彼女は死ぬだろう。

「わがままを言ってごめんなさい。それと、その、食堂の使用許可をもらえたんです。ケーキを焼きますね。戻ってきたら一緒に食べてください！」

「楽しみだ。ファルのケーキは美味《おい》しいからな」

個人的な理由で施設を使う権利は成績上位者への褒美だ。

その褒美を俺のために使ってくれるのはファルなりの気遣いで、優しさ。

ファルと一緒にいると温かい気持ちになる。

こんないい子が死ぬのはだめだ。

姉さんが俺を守ってくれたように、今度は俺がファルを守るのだ。

◇

午後の実験が始まる。

レオニール伯爵自身が調合した薬を注射してくる。

打ち込まれるまえに解析魔術により成分を把握できていた。

これはそのまま打ち込まれても問題ない。今回は魔術で変質させる必要はないだろう。

投薬して三十分ほどしてから問診が始まる。

三十ほど、向こうが用意した質問に答えていく。ただありのままを答えているわけじゃない、研究の改善に必要なデータを作る。

レオニール伯爵が、ちょっと拗《す》ねた顔をした。

「前から言おうと思っていたんだけどね。ユウマくんってさ、僕を馬鹿だと思ってない？」

「なんのことだ」

「僕の研究を誘導してるでしょ。何気ない雑談で、こういう実験後の問診で、まったく関係ない研究に見せかけたレポートで。最近魔術使って体の反応とかまで弄《いじ》っているよね。ここまで露骨にされるといい加減気付いちゃうよ」

しまったな。誘導していることに気付かれないよう注意していたつもりだったが、最近はファルのことが気がかりで急ぎすぎた。

レオニール伯爵の目にあるのは疑惑ではなく、確信。ごまかしは利かない。

「……ああ、認めよう。あんたの研究はこのままじゃ頓挫する。それに巻き込まれて死ぬのはごめんだからな」

「いつからだい？」

「五年前から」

「ははは、これは傑作だね。それについ最近まで気付かないなんて。これじゃ馬鹿にされても仕方ないね。うん」

まずいな、こういう男は極めて自尊心が強く、何をされるかわからない。

「俺を殺すのか」

「そんなことするわけないでしょ。君のおかげで研究が進んだんだから。悔しいけどね、君が作った嘘《うそ》で舵《かじ》取りした結果、僕の研究は飛躍している。感謝しているぐらいだよぅ」

研究者というのはプライドが高く、他人の助けを受け入れられる者は少ないのに彼は違うらしい。プライドを持っているが、それに目を曇らせることはない。

「感謝か、お礼でもしてくれるのか」

「お礼、お礼ねぇ。ある意味、そうだね。僕から提案があるんだ。一緒に研究をしよう、君だってこんな回りくどいことしたくないでしょ。効率が悪いし。言いたいことは全部口で言ってよ。君に見えている景色を僕は知りたい」

俺は今まで、新たな力を得るために全力で思考を巡らせてきた。

彼の研究資料で閲覧を許可されているものはすべて読んだ。許可されていないものも忍び込んで読み込んだ。

その上で、もとよりもっていた知識で分析して結論を出した。

それを口頭で告げていく。

あまりにも膨大かつ、密度の高い情報。

一時間以上話しっぱなしだ。

こんなもの、分厚い論文を作り、参考資料を積み上げて、時間をかけて読み込まねば秀才でも理解できまい。そもそも、前提知識が彼にはないはずだ。

しかし、レオニール伯爵の目には理解の光がある。

やはり天才。それも超がつくほどの。

「……なるほど、なるほどぉ、なるほどぉ！　僕はいくつも大事なことを見落としていた。たしかに、たしかに、たしかに！　できる、理解できる。でも、全部納得したわけじゃないよ。たとえば、君が言った魔力変質方式の変更案だけど、どうせ変更するなら」

彼は斬新な新案を話す。

それは俺が開示した前世の方式を、こちらの技術でさらに改良したもの。

この一瞬で新方式を編みだすなんて、レオニール伯爵の底が知れない。

「たしかに、そちらのほうがいい」

「これで終わりじゃないよ。結合時の変質反応への無意識下防衛本能をごまかす部分だけど、フォルランド理論を逆用したほうがいいはずだよ」

「それ、ありなのか……いや、できる、できるはずだ」

「ふう、これで二本取ったね。まあ、僕は何本も取られているわけだけど」

彼はそう言うが、それは俺が優れているわけではない。

あくまで俺は彼の理論を、前世で知っていた知識で検証・精査しただけに過ぎない。

初めから俺の頭には、彼の知りえない無数の知識があっただけのこと。

それに対して、彼は一から、この世界の知識だけでこれだけの理論構築をしてきた。そして、新たな知識を得れば即座に応用する。研究者としては、彼のほうが優れている。

この後も、意見をぶつけ合う。

「楽しいなぁ！　うんうんうん、ああ、もっと早く君がそこまで育っていると気付けば、もっと先へ行けてたのに。君さ、これからも僕と議論しよう、意見をぶつけ合って先へ行こう。僕が一番欲しかったのは、そういう相手なんだよ。僕は天才すぎて孤独だった。一人だと視界の外は見えない。高みに至るには他人が必要なんだ。僕の見えない景色を教えてくれる人が！　君がいれば、僕は一人じゃなくなる」

彼は周りの人間すべてが馬鹿に見えていただろう。

だれも彼についていけない。その孤独を同類である俺は理解できる。

だが、このエサに食いつくわけにはいかない。妹を守るための手を打とう。

「条件がある……妹に、ファルに実験をするな」

「それはおかしくないかな？　君はこの研究を完成させる腹積もりなんだろう？　なら、いいじゃないか。ファルくんだって、強くなりたいだろう。あれで、あの子けっこうこじらせて強さに飢えてるよ」

……よく見ている。ファルは貪欲に強さを求めている。授業や訓練の際、ひどく真剣だ。

そして、俺がやる補習でも着実に力をつけていた。

「根本的な見落としがある。この研究は、魔物の血と人間の適合実験じゃない。研究所にストックされている人狼種《じんろう》と人間の適合実験だ。そして、ファルと人狼の血の相性は致命的に悪い。いいか、魔物なんて大きくくくっちゃ駄目なんだ。人間ごと、魔物ごとに適性がある。研究を完成させたところで、使える者と使えない者がいる」

レオニール伯爵は目を丸くして、それからぶつぶつと呟《つぶや》き始めた。彼はきっと今までの経験から、俺の言葉を検証している。

「僕は愚かだ。こんな、あたりまえの、人間という種の中ですら個人差があるのに、魔物の血なんておおざっぱにくくっていたなんて恥ずかしい。死にたいぐらいだよ」

「わかってくれて何よりだ」

「ファルくんにやるなら、もっと別の血か。わくわくするねぇ」

……一応、前進していたのか？　百パーセント死ぬ実験は消えたわけだし。

「うん、わかったよ。この実験は彼女にしない。その条件を呑《の》もう。その代わり、僕からも条件を提示させてもらう」

「呑むかは内容次第だ」

「君、僕の息子になってくれよ。君は今日から、ユウマ・レオニールだ」

「理由を聞いても？」

「僕はね、女性に興奮できない。勃《た》たないんだ。つまり子供ができない。僕の代でレオニール伯爵家は終わりだ。血が残せないことはどうでもいい。僕の研究成果が消えるのは許せない。ずっと、研究を継いでくれる養子を探していた。この仕事を受けたのはそのためでもあるんだよね。僕に匹敵する天才がいないなら、天才を作っちゃおうと思って……でも、駄目だった。天才である僕も僕に匹敵する天才を作れなかった。僕以外、僕の研究を理解できるやつはいなかった。君以外！」

彼らしい理由だ。そして、俺にとっても伯爵の養子になることのメリットは大きい。その権力が世界を渡る魔術の開発に必要だ。

「受けよう。共同研究も、養子も」

「あははは、僕は最高の息子を手に入れたよ。よろしくね」

固く握手をする。

こんな場所で、妹だけでなく父親まで見つかってしまうとは。

だが、おかげで強力な魔力と権力を手に入れられる目算がたった。

少しずつだが、確実に世界を渡り、姉に会う方向へ進んでいく。

まずは確実に実験を成功させて、強い魔力を得る。

そして、その後は伯爵家の権限をフル活用し、本格的に世界渡りのすべを探すのだ。

第五話：魔力増強実験

あれから更に一年と半年経《た》って十三歳になった。

書斎で研究資料を並べている。

面白いものが見つかった……これはいい。

こんなものがこの世界にはあるのか。

これを手に入れれば、世界を渡る魔術の完成にぐっと近づく。姉《ねえ》さんの顔が見えてきた。

「やあやあやあ、息子よ。来るのが遅いから迎えに来ちゃったよ！」

レオニール伯爵がノックもなしに入ってくる。

もう三十代半ばだというのに、子供っぽさが抜けない。

「ちょっと気になるものがあってね。今、いくよ……父さん」

「ふふふっ。父さん、父さんね。未《いま》だに慣れないねぇ。それ」

「もう一年以上そう呼んでいるんだ。いい加減慣れてくれ」

俺たち親子は良好な関係を築いており、俺は彼の助手という肩書も与えられた。

この肩書はとても便利だ。

たいていの欲しいものは手に入るし、権力があるから人を使える。

なにより、この世界の最先端を走る魔術に触れられる。

こちらの世界の魔術は、転生前に比べると一段か二段劣るが、系統がまったく違い、毎日新しい発見があり楽しい。また、劣るとは言ってもあくまで総合的な話で、部分的には優れた部分がいくつも存在する。

俺の技と知識はすでに前世のそれを完璧に上回っていた。

「いよいよだねぇ。ようやく完成した理論を使った実験ができる。あはっ、僕らの検証だと成功率九十八パーセントだけど、どうなるだろうね」

「成功するさ。当然のように」

俺が養子になった一年半前から、俺たちは共同研究を続けてきた。

魔物の血を投与することで超人的な魔術士を生み出すことを目標にして。

そして、ようやく研究が完成している。

あとは実証するだけだ。

「一年半前の約束を覚えているな？」

「もちろんだよぉ」

レオニール伯爵と研究を開始する際に、俺は一つの要求をした。もし、俺の協力によって実験が成功したなら、そのときはどんなわがままも聞いてほしいと。

「俺はカルグランデ魔術学園に行きたい」

「へぇ。今更、お勉強？　不思議だね、教師含めて君より有能な子はあそこにいないよ。なにせ、君は僕のライバルだ」

「……息子をライバルっていうのはどうなんだ」

「そんなこと関係ないね。僕についてきて、僕と競い合えるのは世界中でき・み・だ・け。ライバルと言う他ないよ」

　子供のような無邪気さでレオニール伯爵は笑う。

「俺があそこに行きたいのは、何かを学びたいからじゃない。神器に興味がある」

　さきほど俺が発見した資料には神器について記されていた。

「神器、神器ね、あれは君が研究するに値する素材だね。でも、わかってるよね？　カルグランデ魔術学園に入るだけじゃ、神器には触れられないよ」

「父さんならわかるだろう。俺なら、触れられる立場になるのは容易だってことが」

「違いない。うん、いいよ。推薦してあげる。あっ、シスコンのユウマくんのことだから、ファルくんも一緒がいいよね」

「可能なら」

「いいよ、いいよ。でも、全ては実験が成功してからだよ」

「ああ、そうだな」

　俺たちは実験室を目指す。

俺たちの研究を完成させるために。

◇

この一年半で研究が大幅に進んだ。

まずは第一に、対象者と魔物の血との適性をチェックするテストを作り上げた。

第二に、テストをクリアした子たちの適性を底上げするための薬物及び、魔術による肉体改造法の改良。

第三に、魔物の血を宿した際の魔力制御法の確立。

魂で魔力を扱う人間と、血で魔力を扱う魔物では魔力の扱い方が根本から違う。それを事前に理解し慣れておくことが必要だった。この感覚を子供たちにつかませるのには苦労した。

それらの集大成がここにある。

「残念だよね。研究を完成させた僕と君が、マッチングテストではじかれちゃうなんてね」

「……そうだな」

実験ができないことはないが、成功したところで大して魔力は上昇しない。

デメリットがメリットを上回る。俺がやるなら別種の魔物の血が必要だ。

「でも、まあ、仕方ないよねぇ。今は目の前の実験に集中しようよ。どうなるかな？」

俺たちがいるのは、俺がここへ来た初日も使ったガラス張りで階下が見渡せる部屋だ。

一階では、助手……なんて立派なものではなく雑用係が俺たちの作り上げたフローに従って少年に血を投与していた。

二ヶ月ほど前から、薄めた血を何度も、少しずつ濃度を上げながら投与しており、今日が最終日。

これまでの経過はいたって順調。

そして、血の投与が終わる。

雑用係たちが話しかけている。

被験体に異変はない、事前に決められた通り体のセルフチェックを行っていく。

その最終段階として、魔力を放出した。

「うん、すごい魔力量だね。測定値なんて見なくても肌で感じちゃうよ。あの子、もともとBランクだよね、今の彼はゆうにAランクの魔力を発している。やったやった、凡人が、天才の域に足を踏み入れた！　天才が作れるようになったよ！」

レオニール伯爵がはしゃいでいる。

彼の夢、長年の研究がかなったのだから、はしゃぐのも無理はない。

しかし、俺はそう無邪気にはしゃぐ気にはなれなかった。

やばい。本能が警鐘を鳴らしている。

「があああああああああああああああああああ！」

獣のような叫びを被験体があげ、腕を振り回すと、雑用係が吹き飛ばされ、壁に激突して気を失う。

「ありゃ、暴走しちゃった？　おっかしいな。そういうの起こりえないはずだけど」

「暴走じゃないからな。彼の目には理性がある。復讐《ふくしゅう》とか、そういうのだろう」

「あっ、そっちぃ。不思議な子もいるね。凡人が天才になれたのに、感謝するならまだしも怒るなんて」

レオニール伯爵が首をかしげる。緊張感のかけらもないが、かなりやばい状況だ。

被験体がこちらを向いた。

実験動物にされたことを恨んでいるなら、その対象は俺たちだろうな。

彼が跳ぶ。

数メートル以上を軽々と。そして魔力で空気を固めて、それを足場にしてガラス窓に突っ込んでくる。

このガラス窓は結界も兼ねていて、魔物の一撃をも耐える。

しかし、Aランクの魔力を爪というサイズに収束させて、叩《たた》きつけられれば耐えられない。魔力の爪が壁を叩き割り、その勢いのままこちらに突っ込んでくる。

「レオニール伯爵、喜んでくれ。実験は完璧に成功した。ただ魔力が増えただけじゃない。ちゃんと制御できている」

「だね、計算通り。今日はお祝いだね。ご馳走《ちそう》にしなきゃ。ファルくんにババロアを用意してもらおう」

俺たちが目指したのは、ただ魔力が増えただけの獣じゃない。

莫大《ばくだい》な魔力を理性的に使いこなす超人だ。

そういう意味でも今回の実験は大成功だと言える。

「貴様らあああああああああああああああ！」

被験体が咆哮《ほうこう》し、突っ込んでくる。

そうだろうな。

目の前でこんな話をされれば、火に油を注いだも同然だ。

わかっていて、俺はあえてそうした。

俺の魔力にランクをつけるなら、Ｂ－がいいところだろう。

並以下。

Ａランクの魔力を持つ彼と対峙《たいじ》するのは、戦車に槍《やり》で挑むに等しい。であるなら、さまざまな小技を使って勝率を上げるしかない。

「俺がぁぁぁぁぁ、みんなを助けるんだあああ！」

彼の叫びでおおよそ、彼の目的を理解できた。

俺たちを殺し、実験をやめさせることで仲間を救う。

従順に実験に従ったのは、俺たちを討ち、仲間を救う力を得るため。……俺が研究に参加してからは死亡者がゼロになったとはいえ、彼は死を覚悟して実験を受けていただろう。

悪いやつではないし、殺さないよう配慮する。

レオニール伯爵を庇《かば》うように前へ出る。

そして、体を屈《かが》めると被験体の剛腕が頭上を通過。その刹那、沈めた体を跳ね上げながら掌底で顎を貫《つらぬ》く。

彼の体が宙に浮き、受け身もとれず地面に叩《たた》きつけられ、失神した。

「へえ、これだけの魔力差があるのに、どうして攻撃が通ったんだい？　教えてよ」

「挑発して、魔力を脚力と攻撃力に集中させた。魔力の高まりを見れば、どう動くか先読みできるから回避は容易《たやす》い。力を集めた分、他が手薄になる。そうなれば俺程度の魔力でも一点集中することで衝撃を通せる。そいつで顎を揺らせば、こうなるんだ」

怒らせたのは撒《ま》き餌《え》。

行動をシンプルにして、魔力を一点集中したカウンターを食らわす。

戦車と鉄槍《てつやり》の戦いでも、視察窓を開くように誘導し、そこに渾身《こんしん》の槍を突き出せばガラス窓ごと目を貫いて操縦者を殺すことができる。

魔力量は戦いにおいて重要ではあるが、絶対ではない。

「すごいすごい、君ってすごいね。……不思議だねえ、なんで君、そんなに実戦慣れしてるの？　おかしいよね、だって五歳のときにここへ来たんだよね？　訓練は受けているけど、実戦は知らないはずなのにね。あいつの子供だからってのもあるだろうけど、それだけじゃ説明はつかないよね」

「あいつの子供？」

「ああ、ごめん、間違えた、気にしないで。それより理由を教えてよ」

拍手をしながら、好奇心満々の目で俺を見る。

「なぜだろうな？　才能じゃないかな」

「うふふ、そういうことにしといてあげるよ。それより、その危ないの、縛っちゃってよ。殺す気ないんでしょ」

「ああ、あとで説得する」

仲間を救うために命を賭けた彼には好感を持っている。

そして、話せば納得してもらえるだけの材料があった。

そこをアピールすれば、仲間だと思ってもらえるだろう。

ノックの音が聞こえて、扉が開く。

「あれっ、いったい、これ、何があったんですか⁉」

お茶を運んできたファルが驚いた声を上げた。

「ちょっとトラブルがあったんだよ。でも優秀な息子が片付けてくれた。お茶もらうよ。デザートは……ババロア！　うわぁい、僕、ババロア大好きなんだよねぇ」

レオニール伯爵はお盆の上からひったくるように、カップとババロアを持ち去ると、そのまま椅子に座りおやつタイムに入ってしまう。

「ああ、美味《おい》しかったぁ。ファルくんのお菓子はすごいよね」

「ありがとうございます」

「それと、ちょうどいいから、あのことを話しちゃおう。君たち来年から、カルグランデ魔術学園に通ってね。息子のお願いを聞いてあげる」

「ありがとう。父さん」

「感謝してよね。君を手放すの、僕の研究的にはすっごいマイナスなんだから」

これで、神器に触れられる可能性が出てきた。

あの神器の能力を考えれば、世界渡りが大幅に近づく。

「あの、その、どうして、学園に通うことになったんですか？」

「それについては、あとで俺が話すよ」

「わかりました。お待ちしていますね」

おおむね順調に事が進んでいる。

ただ、もったいないのはこうして完成させた研究の恩恵を受けられなかったこと。

俺に適合する、魔物の血があればいいのだが。

「あとっ、お二人に伝言です。クライムリード男爵からで、魔族の血が手に入ったから、こちらに送るってことらしいです」

「まぞくぅう⁉　魔物じゃなくて⁉　それ、すごい、すごいよ。いついついついつ⁉」

凄《すさ》まじい勢いでファルに詰め寄る。

「あの、父さん、近いです」

ファルがレオニール伯爵を父さんと呼ぶのは、彼が『ユウマくんの妹なら僕の娘だよね』と軽いノリでファルのことも養子にしたからだ。

「ああ、ごめん。僕としたことがつい取り乱しちゃって。それで、いつ？」

「二日後です」

「そっか。じゃあ、マッチングテストの準備をしないと。魔族、魔族か、うふふふっ」

レオニール伯爵のテンションがアレになっている。

魔族というのは魔物の上位種。その力、魔力は圧倒的。

そんなものの血を取り入れれば、いったいどれだけ凄まじい魔術士ができるのか、想像するだけで身震いがする。

「問題があるとすれば、魔物の血で培った方法が魔族の血を対象にして通用するのかがわからないってことだな」

「それを調べるのが僕らの仕事でしょ？　駄目なら新しい方法を考えるだけだよ。ああ、楽しみだな」

違いない、万全の体制で調査をしよう。

「あの、兄さん、笑ってます」

「俺が？」

俺はレオニール伯爵ほどマッドじゃない。でも、顔を触るとたしかに口の端が吊《つ》り上《あ》がっている。

そうか、俺は期待しているのか。

なんとなく、勘にしか過ぎないが、その魔族の血は俺にこそふさわしい。適性があるという予感がある。

一度は諦めた、魔力の増強をかなえられるかもしれない。

冷静でいられるものか。

第六話：約束とこれから

二日が経《た》っていた。その間に、暴走した被験体と話をした。彼は俺とファルをいじめていたクラスの中心人物だった。

俺がいじめられていた復讐《ふくしゅう》でクラスメイトを使い、人体実験をしていたと思いこんでいたそうだ。

復讐どころか、俺は一人も犠牲にしないため頑張ってきたという話を信じてもらい和解した。

俺が研究を手伝うようになってから、実験で死亡者が一人もいなかったのが大きい。

……ずいぶん、長くすれ違っていたものだ。

そして、ついさっき、魔族の血が届けられており、レオニール伯爵が子供のように目を輝かせている。

「きたきたきたきたよぅ。これが魔族の血、ふ～ん、魔族の血も赤いんだね、でも、この赤は人の血とは違うな、ルビーの赤！　綺麗《きれい》だねぇ、美味《おい》しそうだねぇ。たったこれだけっていうのが、残念だけど」

届いた魔族の血、その量はわずか数滴程度。

この国最強の騎士が魔族を倒した際に浴びた返り血を集めたものらしい。

「この量だと、せいぜい本番二回分ってところだな」

「うん、そうだね。慎重にしないと。でも、慎重にするにしても、この量だとろくに実験もできなくて、いきなり本番。わくわくしちゃうね、スリル満点だぁ」

もう少し量があれば、人体に投与するまえにいろいろと実験ができたのに。

「マッチングテストの手配はできている。早速始めよう」

「適合者がいるといいけどね。テストをするリストに、君と僕も入っている。どっちが当たりでも恨みっこなしだよう。ほしいなぁ、魔族の血」

適性があれば、自分でやる気なのか？

魔族では一度も試したことがない施術を？　実証試験もなしに？

……いや、やるだろうな。この人はそういう人だ。

◇

その日、研究所にいるすべての子供たち、それからレオニール伯爵に対してマッチングテストを実施した。

マッチングテストの結果を俺とレオニール伯爵がチェックしている。

「へえ、こんな結果がでちゃったんだ。うふふっ、うふふふ。お・め・で・と・う！」

その言葉は俺と助手として資料整理を手伝っているファルに向けられた。

マッチングテストの結果、適合者は二名。

俺とファルだ。

「……あの、兄さん、やるんですか？」

ファルが不安そうに俺を見ていた。

疑問符ではあるが、本心では止《や》めてほしいと考えているのが伝わってくる。

「もちろんだ。だが、俺だけだ。ファルは止めておけ」

膨大な魔力を手に入れるチャンスを手放したくない。それだけの力は必ず、姉《ねえ》さんとの再会に繋《つな》がる。

「素晴らしいねぇ、それでこそ研究者だ。さすがは僕の息子！」

レオニール伯爵が拍手をするが、ファルの表情は晴れない。

ファルが俺の裾をひっぱり、涙目で上目遣いをしてくる。

「あのっ、兄さんがその実験をするなら、私もやります。まずは私からです！　そうじゃないと許さないです！」

「言っている意味がわかっているのか」

「もちろんです。この実験、二番目のほうがずっと安全です」

あとにやるほうは一度目が失敗だった場合でも、その結果を分析し、改良した手順で手術を受けられる。実際にやってみるというのは最高の実証実験なのだから。

「うんうん、僕も賛成だね。だって、ユウマくんのほうが必要な人間だし」

「おまえは黙ってろ！」

「うわっ、ひどいっ。でも、そうやって取り乱す君は初めて見たよ。ファルくんのこと、本当に大事に思っているんだね。うふふっ」

俺はファルの肩に手を置く。

「俺が先に実験をする。俺なら、どんな問題が起こっても即座に対応できる」

口には出さないが、死んでも転生できるという保険がある。

ここは譲りたくない。

「ダメですっ。受け入れてくれないなら、私、全力で邪魔しますから！」

「なんで、そんなに聞き分けがないんだ」

ファルが俺に逆らったのは初めてだ。

この子は、俺を兄と慕い、依存している。

「兄さんが死ぬのは絶対嫌です。兄さんと一緒じゃないと嫌なんです。だから、ぜったいぜったい私が最初です。だいたい、兄さんなら即座に対処できるって、兄さんが私に施術しても同じだし、兄さんの体に異常が出たら、その対処だっていつもどおりできないじゃ

ないですか。私を使ったほうが、二人とも成功する確率がずっと高いです」

ファルが涙を流す。

……反則だ。感情に訴えかけてくる上に筋が通っているだけに厄介だ。

「おやおや、理屈でも完全にファルくんが正しいねぇ、うん、僕もそう思うよ。対処能力がある君は、体を差し出すんじゃなく、施術に集中するべきだ」

逃げ場がなくなった。

「ふぅ。わかった。先にファルを施術する」

「はいっ！」

元気よく答えるが、その手が震えている。

ファルは俺の助手を任せられるぐらいに頭がいい。この実験の危険性を理解している。怖くないはずがない。なのに、心配させないよう笑顔と元気のいい声音を作っている。

この子は兄想《おも》いがすぎる。

「ありがとう。……俺がファルを死なせない」

ファルを抱きしめた。

「はっ、はいっ、信じてます。兄さんは、すごい人ですから！」

耳が真っ赤になって可愛《かわい》らしい。

ファルを抱いていると妙に落ち着く。柔らかくて、いい匂いがする。

しばらく堪能したあと、彼女を解放するとファルは名残惜しそうに俺を見ていた。

苦笑して、魔族の血を手にとる。

「この量じゃ事前に実証試験はできない。だが、解析と研究はできる。血を消費しないでできることは全部する。手伝ってくれ、父さん」

少しでも、ファルに行う施術の成功率を上げるために。

「いいねぇ。魔族の血と、ファルくんという最高素材のマリアージュ、すごくそそるよ。あと、君さ、これ僕の研究だよ。主導権があるのは僕。手伝うのは君。忘れないでね」

「ああ、そうだな」

頷《うなず》き、俺たちはまずは解析魔術を使うところから始める。

レオニール伯爵の性格はアレだが研究においては頼りになる。

その力、あてにさせてもらおう。

第七話：アストラル・ネットワーク

魔族の血が手に入った一週間後には施術を開始した。

すでに二度、ファルに薄めた魔族の血を投与しており、明日は薄めずに投与する。

「そんな顔しないでください」

「……すまない。不安にさせたか」

今は自室で研究の成果を改めて見直している。

その行為に意味はない。できることをやりきったからこそ施術を始めたのだから。

こんなものは気を紛らわせるための行為に過ぎない。

「不安なんてないですよ。兄さんが大丈夫って言ってくれたから。ただ、兄さんにはそういう顔は似合わないなって」

「ほう、じゃあ俺はどんな顔が似合うんだ？」

「自信満々で、不敵で、ちょっと斜に構えているのがいつもの兄さんです」

「ただの嫌な奴《やつ》じゃないか」

少しぐさっと来た。

俺はそんなふうに見えているのか。

「でも、それがかっこ良くて好きなんです。だから、いつもみたいに笑っていてください」

俺は苦笑する。

……言われてみれば、この苦笑が癖になっているな。

そんな俺を見て、ファルも笑った。

俺のほうが励まされるなんて、これじゃ兄失格だ。

姉《ねえ》さんのようにうまくやれない……いや、あの人別にそんなうまく姉をやってないな。好き勝手、俺を甘やかしたり、可愛《かわい》がったり、からんできたりするだけで、思いやりというより俺で遊んでいる感じだ。

それでもそんな姉さんを俺は慕っていた。

あれを真似《まね》してみるか？

いや、ダメだ。あれをファルにやったら犯罪もいいところだ。

俺は俺のやり方で兄として振る舞おう。

「安心しろ。成功させる。そして、ファルは最強の魔術士になるんだ」

ファルはもとから規格外の魔力量を持っている。そこに魔族の力が加わったらこの世界では最強クラスになる。姉さんにすら匹敵するかもしれない。

「楽しみです。そしたら、ずっと兄さんと一緒にいられますから」

「ああ、約束する。そろそろ自分の部屋に戻って寝ろ。万全の体調で施術に挑む。それが、今できる最善だ」

俺は研究資料を閉じる。

明日の施術は俺自身が行う。

万が一は起こりえる。だが、万が一のことが起こったとしても対応してみせよう。

「あの、その、今日は部屋に戻りたくないです。一緒に寝たら駄目ですか？　やっぱり、ちょっとだけ怖いんです。兄さんを信じていても、少しだけ」

「構わないよ。今日は特別だ」

「はいっ！」

俺のベッドにファルが飛び込む。

ファルは甘えん坊で、昔はずっと一緒に寝ていたのだが、さすがに十三歳にもなってそれはまずいだろうと、半年ほど前から別々に寝るようにしていた。

そのとき、ものすごく悲しそうな顔をファルがして心が痛かったが強行した。しかし、今日は特別だ。

俺もベッドに入る。

「兄さんの匂い、安心します」

ぴったりと俺にくっついたファルが甘えた声を出す。

匂いなんて言うものだから、こちらもファルの匂いを気にしてしまう。

甘い匂いだ。くらくらする。……別々に寝るようになったのは、どうしても成長したファルをそういう目で見てしまうから。これはもう生理現象なのでどうしようもない。

「おやすみ、ファル」

「おやすみなさい、兄さん」

ファルが頬にキスをしてきたので、俺もファルの頬にキスをする。

なんでも、ファルが生まれた地方だとこうするのが常識らしい。

すぐにファルは寝息を立て始める。あまりにも無防備だ。

あんなに小さかったファルは今じゃ凄《すさ》まじい美少女だ。ここにいる子供たちどころか、スタッフ、たまに視察にくる偉い人たちも、誰もがファルを目で追う。

この国では十四歳で成人。つまり、ファルは後一年で大人になる。

ファルが望めばどんな男だって、彼女になびく。

それでもなお、誰よりも俺を好きでいてくれた。

今だって俺を信頼し、安心しきっている。

そんなファルだからこそ、こんなにも愛《いと》おしい。

……やっぱり、この子を失いたくないな。

そんな当たり前のことを改めて感じていた。

◇

魔物実験を前提としたもっとも丈夫な部屋でファルへの施術を行う。

ここにいるのはファルと俺だけだ。

レオニール伯爵は、防護扉の向こうから中を見ている。戦闘力がないため、部屋に入るのは危険だが、何かあったとき、彼の頭脳と観察眼は必要だ。

ファルには薄い術衣を着せてある。

これは施術をしやすくするためであり、魔術的な仕掛けも施した魔術礼装でもある。

「緊張してきますね」

「大丈夫だ。俺を信じてくれ」

「はいっ」

ファルが頷《うなず》いて、目を閉じた。

信じるという言葉のとおり、体からこわばりが消えて、全身リラックスし、魔力の流れも穏やか、もっとも施術をやりやすい状態になる。

言葉だけじゃなく、ファルの姿から俺への信頼が伝わってくる。

注射器を取り出す。そこには魔族の血が注入されている。

あとはこれをファルの体にいれて、魔術を使い、ファルと魔族の血を融合させるだけだ。

ファルの柔肌に注射をし、即座に魔術の発動。

ファルの血と魔族の血が一つになっていくのを感じる。

狼男《おおかみおとこ》とアレクのときはこれでうまくいった。

きっと、今回も。

そんな期待はすぐに打ち砕かれた。

「あああああああああああああああああああ」

ファルが絶叫して、魔力が吹き荒れる。

魔術ではない、魔力の暴走で体が浮かび上がっている。

魔術礼装としての側面を持つ術衣が裂けて、ファルの膨らみかけの胸が露《あら》わになり、輝く血で描かれた魔法陣が浮かび上がった。

この世界にある魔法陣とは、根本的な思想、形式、技術、すべてが違う異次元なもの。

その意味を読み解けるものはこの世界には存在しないだろう……俺以外には。

このタイプの魔法陣は前の世界、その古典魔術、いや神代魔術のものに酷似している。

魔導教授、生きる魔導図書館、そう言われた俺ならば、類似系から法則を見つけ、その魔法陣を理解できる。

脳が限界までフル回転。

(読め、読み切れ)

一流の魔術士でも年単位かかる解読を膨大な知識と、ひらめきを使いショートカットして見抜いていく。

「この術式、隷属、支配、塗りつぶし……そういうことか」

すべてを理解した。

魔族の血は、それ自体に魔族の意識が残留していた。

魔族の血がファルに溶けこんだ瞬間、その残留意識がファルの魔力を使い、ファルの魂を支配して、ファルの体を奪おうとし始めたのだ。

ファルは抵抗しているが、このままではファルが魔族になってしまう。

させるものか、俺は対抗術式を組み上げる。

「アストラル・ネットワークを構築。思念体直列接続」

ファルを蝕《むしば》んでいるのは、魔族が編み上げた術式だけあって、凄《すさ》まじい強度と複雑さの術式。

ゆえに、人間の脳で組み上げ可能な程度の術式では干渉は不可能。

魔族と同等、人間の域を超えた術式を組み上げねばならない。

前世では、演算能力をコンピュータに肩代わりさせることでそれを可能にしたが、そんなものはこの世界には存在しない。

だからこそ、コンピュータの代わりを探した。俺が全力で魔術を使うために。

その結論が、霊体だ。霊体と契約し、思考と演算に特化させる改造をして演算装置と化す。それらを何体も繋《つな》げたのが、アストラル・ネットワーク。

人間には不可能な複雑な演算を、霊の集合体が肩代わりして組み上げていく。

親指をかみ切り、流れる血に魔力を込めて、ファルの胸に浮かんだ魔法陣に追記をする。

あの魔力強度の術式を、真正面から破壊することは不可能だし、できたとしてもファルの魂と体が負荷で飛ぶ。だからこその改変。

俺の魂とファルを魔法陣で繋ぐ。

ただの干渉術式では間に合わない。だから、俺が向こうへ行く。

ファルの体から魔力波が放出され、壁に叩《たた》きつけられ、体がめり込む。

骨が何箇所か逝った。

だが、霊的パスを繋ぐことに成功したし、ファルの胸で輝く魔法陣は意味を変えて、侵食速度は半分以下になった。

「死なせない。今、そっちに行くぞ。ファル」

目をつぶり、霊的パスを通してファルの内側へと精神を忍び込ませる。

魔族の残留意識を駆逐するために。

◇

ファルの精神世界に入り込む。
桜色の優しくて、淡い世界。実にファルらしい世界だ。
それが毒々しい紅《あか》に侵されている。ファルの色は日本人である俺からすれば、桜の色。
だが、この世界のものからすれば、オウカという花の色だ。
(まずは自分自身をイメージする)
精神世界では、イメージこそがすべて。
だが、いくら強くイメージしても俺の姿は不確かなまま。
ファルの精神世界において、俺が異物にしか過ぎないせいだろう。
だから、ファルの中にある俺をかき集める。
そうすることで完全な実体化に成功する。
「……少し、美化しすぎじゃないか」
ファルの中で、俺は実物よりもかっこよく、たくましく、強いらしい。
ファルの匂いを辿《たど》って、先へ進み、ファルの中心へとたどり着いた。
満開のオウカの木にファルが磔《はりつけ》にされ、胸には魔法陣が刻まれていた。
そんなファルの頬を悪魔の角と尻尾が特徴的な少女が舐《な》める。
「どういうことかな？　人間《かちく》ふぜいが術式に干渉して、ここまでくるなんて」

「ただの人間でも、努力と工夫しだいでこれぐらいはできるさ」

「ふうん、僕を殺したあいつといい、君といい、人間《かちく》もずいぶんと変わったものだね。でもさ、君ってばとってもちっぽけ、あっさり握りつぶせちゃえそうだよ」

「だろうな」

癖になっている苦笑をわざとした。

ファルが好きだと言った表情。ファルのナイトとしてここへ来たからこそ、この表情だ。

「へえ、わかっているんだ。精神世界じゃ、魔力量とイメージ力がすべてだって」

「当然だ。精神世界での戦いは初めてじゃない。魔族の十八番《おはこ》だからな」

「わかっていてくるなんて馬鹿なの？　じゃあ、死んでよ。僕、この子をもらって僕を殺した奴《やつ》と、僕を嵌《は》めた仲間に仕返しするんだから。この子はすごいよ。人間とは思えない。この子の体なら、僕は前より強くなれるかも。ほら、しっしっ」

桜色の世界を侵す血の紅が津波となって俺に襲いかかってくる。

魔力がすべての世界で、俺と奴の魔力差は蟻《あり》と象ほどにある。

なんの抵抗もできず俺は紅に呑《の》み込まれた。

「あははは、ほんと、馬鹿な奴。自殺しに来ただけじゃん。あとは、契約のキスでこの子は僕のものっと」

魔族がファルの顔に手を這《は》わせ、キスをするために引き寄せようとする。

そして、口づけをする直前ファルに触れていた手が蒼《あお》の風によって断たれた。

「きゃあああああああああああ、痛い、痛い、僕の手が、なんで！　僕の紅《あか》に呑《の》み込まれたはずなのに！」

その叫びに応えるように、俺を押しつぶした紅、それが内側からどくんどくんっと蠢《うごめ》き、膨らみ、弾《はじ》けて、蒼に変わる。

「悪いな、妹はまだ唇へのキスを知らないんだ。兄としては妹を任せられる男が現れるまで取っておいてやりたい」

元は紅だった魔族の力が蒼になり俺に付き従う。

「君、僕の紅を盗んだな！」

再び紅の奔流が襲いかかってくる。

それと俺の蒼がぶつかり、拮抗《きっこう》し、触れた端から紅が蒼へと変わっていく。

「僕の、僕の、紅が奪われていく、なんで、なんで、なんで⁉」

「別に変わったことはしてないさ。自分の魔力を相手の魔力と同じ波長に変えて、内側に潜り込ませ共鳴。仕上げに中から俺の色に変える。魔力版のカウンターだ」

「そんなことできるわけが」

「できるからやっている。チェックメイトだ」

あがけば、あがくほど、抵抗すれば抵抗するほど、魔族は魔力の放出量を上げるしかなくなり、その放出した魔力をさらに奪うことで、こちらがどんどん有利になる。

これもまた、少ない魔力量を補うために編み出した切り札の一枚。

相手の魔力を奪い武器とする秘術。

これは精神世界でこそ効果を発揮する魔術だ。

なにせ、現実世界では、ある程度の魔力量を超えると肉体のほうが耐えられず自爆する欠陥技で使い勝手が悪い。

だが、ここでは肉体という限界がない。

精神世界において、俺は無敵だ。

「僕が、この僕が、人間なんかに」

「相手と場所が悪かったな。どうやら、この世界は俺の味方らしい」

風に乗って、オウカの花びらが舞い、俺の頬を撫《な》でる。

俺の横に半透明のファルが現れ、笑って消えていく。

絶好調だと思ったら、ファルが力を貸してくれていたようだ。

蒼が魔族を包み込み、わずかに残った紅すらすべて奪いつくす。

魔族の意識が消滅し、残ったのは純然たる力だけ。

ファルが磔《はりつけ》にされているオウカの木に触れ、蒼に変えた力を、この世界の色である桜色に変えて注ぎ込む。

オウカが何本も生まれ咲き乱れる。

なんて、美しい光景だろう。

このオウカ並木はファルそのものだ。

これで、魔族の力はファルのものになった。

ファルが解放され、俺は彼女を抱きかかえる。

胸に刻まれた魔族の魔法陣が薄れていき、消えた。

ファルがゆっくりと目を開く。

「ぜんぶ見てました。やっぱり、兄さんはかっこいいです」

そして、彼女はオウカに負けないぐらい、いや、それより綺麗《きれい》に微笑《ほほえ》んだ。

「約束しただろう。成功させると」

「はいっ、信じてました。それから」

ファルが俺の首の後ろに手を回し、口づけをする。

唇が触れ合うだけのキス。

「お礼です」

「……うれしいけど、せっかく魔族から守ってやったファーストキスを俺にしてどうする。兄妹《きょうだい》でこういうのはどうなんだ？」

「嬉《うれ》しいんですか⁉　やった！」

「いや、前半より後半のほうを気にしてくれ」

「無理です。それと、この世界は夢みたいなものだからノーカンです！」

「いいのかそれで」

「問題ありません！」

とにかく、やってしまったものは仕方ない。

「そろそろ、こっちに居られるのも限界のようだ。また、向こうで会おう」

「はいっ！　その、お礼を向こうでもやっちゃダメですか？」

「ダメだな、向こうじゃノーカンにならない」

俺がそういうと、ファルが頬を膨らませた。

ちょっと可愛《かわい》い。

手を振り、この世界から退場する。

次は俺が魔族の血を受け入れる番だ。きっと、俺に打ち込む血にもあの魔族の意識があるだろうが、丁重にもてなそう。

ファルの世界からは残留意識を消したが、俺の世界から消すつもりはない。

魔族の知識と技に興味がある。俺の世界にあの魔族の部屋を作るぐらいはやぶさかじゃないのだ。

第八話：魔族と真実

俺への手術の施行はつつがなく行われた。

ファルへ行った施術自体が実験と同じ役割を果たしている。

何の準備もなく、魔族に内側から侵食されたらやばかった。ファルのおかげで助かった形だ。……そして、魔族の血に残っている魔族の残留意識を殺さないまま、心の部屋の一つに閉じ込めることにも成功した。

そうすることによって、いつでも魔族とコミュニケーションが取れる。

思わぬ副産物もあった。魔族の意識を消したファルより多くの魔力を引き出せることだ。

ただ、メリットばかりでもない。

自我を守るため、魔族を閉じ込めた部屋は封印状態にしておかないといけないが、そうしていると三割程度しか魔族の血から魔力を引き出せない。

全力を引き出すには一時的な封印の解除が必要であり、その間に容赦なく魔族は俺を支配しようとする。

そううまい話はないということだ。

俺は目を閉じて、精神集中をする。

俺の体に住む魔族と対話するために。

◇

悪魔の角と翼を生やした中性的な少女は、コタツで温まりながらテレビを見ていた。

そして、彼女が食べているのは牛丼で飲み物はコーラ。

精神世界はイメージしだいでなんでも生み出せる。俺の中にいる以上、俺の記憶からこういったものを生み出すことも可能だ。

テレビに映っているのは俺と姉《ねえ》さんだった。このテレビに流されているのは俺の思い出のようだ。ちなみに前に来たときは勇者指令ダ〇オンを見ていた。

「ふむふむ、君はお姉ちゃんと再会するために、前世にいた世界に帰りたいわけだね。どうりで若さのわりに尋常じゃない技量だと思ったよ。こんなのチートじゃん」

「まあ、そうだな」

俺は頷《うなず》いて、コタツに入り、イメージからうどんを取り出す。

「お姉ちゃんのこと、好きなんだね、愛しているんだね」

「否定はしない」

「ファルちゃん、可哀《かわい》そう」

「……彼女は妹だよ」

「そういうことにしておきたいんだね。ずるいやつだ。でっ、それはおいといて、さすがの君も世界を渡る糸口すらつかめてない。そのために僕の知識がほしくて、殺さずに飼っているわけけね。うん、好きに覗《のぞ》いていいよ。鍵はかけてないしさ。君と違ってね」

「やっぱりばれるか」

「君、周りみんな馬鹿だって思っているところあるよね」

　俺は見られたくない記憶には鍵をかけているし、必要以上の技術と知識を渡さないように気を付けてもいる。

　俺の知識を利用して、封印を解かれてしまってはかなわない。

「馬鹿にしたわけじゃない。話を変えるが……おまえの記憶を見させてもらった。おかげでこの世界のことが本当の意味でわかったよ」

「いちおー、言っておくけどさ。これ、人間が知ったら大問題ってか、大恐慌、大パニック、やばいことになるからね。僕たちが言わないのは優しさ。口外しないでよ」

「言うわけがない」

　人間の敵、ただの害虫のように思っていた魔族が世界に貢献しているなんて想像もしていなかった。……もっとも貢献しているのは世界にであって、人間にではないが。

「忠告はしたからね」

再び、魔族はテレビに視線を戻す。

「前から気になっているんだが、どうして、ここから出ようとしない？　一応、俺はおまえを封印しているわけで。抵抗されることは想定していたんだが」

「ここは楽しいからね。魔導書もたくさんあるし、異世界の記憶、体験、娯楽、余裕で百年ぐらいは暇つぶしできるよ。君の世界、すごいね。頭おかしい人がいっぱいいる。魔族だって、こんなの思いつかないよ。僕は君が死ぬのをゆっくり待つよ。人間の一生なんて僕らにとっては一瞬。君が死んだら、その死体を使って復活してあげる」

その表情、仕草、声音、どこにも嘘《うそ》はない。

「なら、お言葉に甘えて、おまえの血と知識、使わせてもらう」

「うんうん、好きにすればいいよ……それとさ、いい加減、魔族って呼ぶのはやめてよね。君だって、人間とかやでしょ。僕の知識からとっくに名前を読み取ってるくせに」

「悪かったな、エルフラム」

「うん、それでよろしい。じゃあ、帰って。とりあえず僕はこれから君の頭のなかにあるプリ○ンブレイクの上映会をするから」

よりにもよって脱獄ドラマか。

「……本当に逃げる気がないんだな」

「もちろん」

とにかく、エルフラムのことは放っておこう。

彼女は利益のある客人だ。丁重に扱わねば。

同時に信用もしない。彼女は知識に鍵をかけていないと言ったが、それは嘘だ。俺はファルの精神世界でやつが、自分を殺したやつと、裏切った仲間を許さないと言ったのを記憶していた。とくに魔族が味方同士で騙《だま》し合いをしたことが気になる。

だからこそ、彼女の記憶を覗《のぞ》こうとしたがそれができなかった。彼女への警戒はしっかりと続けよう。

◇

誰かが肩を揺すっている。

「大丈夫ですか兄さん？」

「ああ、問題ない」

「ダメですよ。ちゃんとベッドで寝ないと」

ファルは俺が居眠りしていたと勘違いしたようだ。

それならそれでいい。ファルは心配性だし、エルフラムのことは黙っておこう。

「うっかり勉強に熱が入ってね。ファルはどうだ？」

「あの、がんばってはいるのですが、つまずいてしまって、教えてもらいに来ました」

恥ずかしそうに、胸には本とノートを抱いている。

俺たちは受験勉強をしている。

その目的はただ一つ、カルグランデ魔術学園に入学するため。

俺たちがいる施設は、一般市民や貧民の子を買い、国に忠実かつ優秀な兵器を作るためにあるが、カルグランデ魔術学園は違う。

一部のエリートのために存在し、兵器を使う側の人間を育てる。受験資格は厳しく、貴族に連なるもの、あるいは各施設で飛びぬけて優秀かつ推薦を受けたもののみ。

それなりに本気で挑まなければ、俺はともかくファルは入学できるか危うい。

「兄さんが学園へ行くって言いだしたとき、驚きましたけど、わくわくしています」

「ここもある意味学校だがな」

「普通のがいいんです。友達と和気あいあいとした感じの」

「なら、しっかりと勉強しないと。ほら、わからないところはどこだ？」

「えっと、ここです。数学が苦手で」

ファルがつまずいたところを教えていく。

ファルは頭がいいので、ヒントを与えるだけですぐに答えを見つける。

人に教えるのには慣れているので、伸びる人間と伸びない人間は簡単に見分けがつく。

考える習慣があるかどうか。

ファルの場合、ヒントを与えられるとすぐにそれをどう使うか全力で頭を回す。そこから連想して、枝葉を広げる。こちらが答えを告げるまえに自力でそこまでたどり着くし、他へと応用が利く。

だが、伸びない人間の場合は聞いているだけ、ヒントだけでなく答えまで教えてやらないとならない。問題が解けるようになっても、解き方を覚えるだけだから発展性もない。

この差は、あまりにも大きい。

「わかりました！　……兄さんってほんとうになんでもできますよね」

「そんなことはないさ。俺にだってできないことは山ほどある」

例えば世界を渡る魔術とかは未《いま》だに完成させられてない。

「兄さんにできないことなんて、想像がつかないです」

話しながらもしっかりと、ペンを動かしている。

さっきまで詰まっていた問題をあっさりと解く。自分のものにしている証拠だ。

「ありがとうございました。また、わからないところがあれば聞きにきますね。次は、お菓子をもってきます」

「楽しみにしているよ」

ファルの作るお菓子はとても美味《おい》しく、勉強がさらに捗《はかど》ることは間違いない。

ファルがいなくなってから、カルグランデ魔術学園について記されている文献を広げる。

そこには、学園に置かれている神器について書かれている。

「一年に一度、月の魔力が満ちる夜、世界に穴をあけて異界から術者に相応《ふさわ》しい召喚獣を呼び出す……こんなもの魔術じゃない、魔法だ」

そして、その魔法こそが俺の求めているもの。

術者に相応しい魔物を異界から呼ぶということは、望む世界を選べるということ。

神器を解析し尽くせば、姉《ねえ》さんに会いに行く魔術が完成させられるはずだ。

(入学するだけじゃ駄目だがな)

カルグランデ魔術学園では入学試験での上位十二人だけが召喚獣を呼ぶ権利を与えられる。一年に一度、月の魔力が満ちる夜に十二回だけしか神器が使えないからだ。

だからこそ、毎年入学者の中でもっとも優秀な十二人にその力を託す。

そういった機会でもなければ、厳重に守られた神器に触れるチャンスはない。

「必ず、ファルと二人で合格してみせる」

そのためには、やるべきことをすべてやってみせよう。姉さんと再会するためにも、ファルが望んだ学園生活をさせてやるためにも、ぜったいに合格しなければならないのだ。

第九話：ファルの治療と言質

あっという間に月日は流れ、受験二ヶ月前。俺とファルは十四歳になっていた。

俺は用事があって、レオニール伯爵の私室へと足を運んでいた。

「おやっ、ユウマくん。いいところに来たね。はいっ、これ、頼まれていたやつ」

「助かる」

レオニール伯爵が渡したのは彼のサイン入り入学願書。

これを届け、高額な受験料を支払えば受験する資格を得られる。

その願書は二枚あった。俺とファルの分だ。

「でっ、僕のほうの用事はね。僕さ、この研究所やめたくて。あと、任せていい？」

「……いきなりだな」

「研究所作ったのって、魔力量を増やす研究をしたかったのと、僕の研究を引き継げる人材を育てあげるためなんだよね。どっちも終わっちゃったし。もう、いらなーい」

それであっさりと、仕事を放棄してしまうというのがレオニール伯爵らしさだ。

「引き継ごう。ただし条件がある。俺が所長となる以上、人体実験を禁止する……俺は父さんと違って、情を捨てきれないんだ」

レオニール伯爵の右腕になったあとは誰一人死なないように努力し、実現してきた。

だが、人体実験なんてものを続けていれば、いつか必ず犠牲者がでる。

魔術の発展のために人体実験が非常に効率がいいとわかっていても、心が拒否する。

断ることは考えない。もし、国に研究所を返還すれば、後任がすぐにやってくる……ここがほしいと手を挙げる奴《やつ》は成果しか見ていない非人道的な奴だろう。確実にここにいる子供たちを取り巻く環境は悪化する。

仲間ハズレにされて来たとはいえ、共に過ごした彼らが傷つき、命を落とすのは忍びない。それに、アレクとの約束もある。

「へえ、君って面倒見がいいんだねぇ。うん、いいよ好きにして」

「用事はそれだけか？」

「あともう一つ。息子よ、受験がんばってね」

「そういうの、父さんには本当に似合わないよな。でも、まあ、頑張るさ」

一生に一度しかないチャンス。

失敗するわけにはいかない。

◇

その日の夜、ファルを俺の部屋に呼んだ。

勉強ではなく、実技試験にむけて彼女を強くするため。そして、彼女の安全のためでもある。魔族の血を宿した弊害が一つ出ており、このままでは命の危険すらあった。

「兄さん、このかっこう恥ずかしいです」

俺の言いつけ通り、脱ぎやすい服で下着をつけていない。

しかも薄い素材のため、体のラインがしっかりと出る。

シャワーを浴びて来たのか、いい匂いがするし、肌が上気していた。

「俺に任せてくれ。こういうのは慣れているんだ」

「はっ、はいっ」

ファルが震えた声で頷《うなず》いて、ベッドに腰掛ける。

「あの、兄さん」

「どうかしたのか？」

「服を脱がないと駄目、なんですよね？」

「そうしないと、ここから先ができない」

「そっ、その、服を脱いでるところも見せないと駄目、ですか？　恥ずかしいです」

「……すまない、気が利かなくて悪かった」

慌てて後ろを向く。こちらにまでファルの緊張が伝わって喉が渇く。

後ろで、衣擦《きぬず》れの音がする。それだけなのに、妙な気持ちになる。

落ち着け、相手は義理とはいえ妹だ。

「もう、そっちを見ていいか」

「はっ、はい、大丈夫です」

初めて聞くファルの熱を帯びた声。ファルは大事なところを手で隠そうとするが、手だけですべては隠し切れない。

真っ赤な顔をして、涙目になっていた。

その仕草はとても可愛《かわい》らしく、そしてちょっぴり嗜虐《しぎやく》心を煽《あお》る。

「私の体、変じゃないですか？」

「綺麗《きれい》だよ。見惚《みと》れるほどに」

「はわわ、そんな、綺麗だなんて」

胸は並程度だけど、スタイルは良くて、肌はとても美しい。魅力的だ。

「準備はいいな？」

「はっ、はい、その、よろしくおねがいします」

「始める前に、手をどかしてくれ」

「ううう、その、そうしないと駄目ですか？」

「駄目だ。ちゃんと見ないとできない」

「わっ、わかりました」

ファルが俺の言いつけどおり手をどけた。

すると、ファルのすべてが露《あら》わになる。胸の先端の桜色や、大事なところも。

理性が悲鳴を上げる。……まだまだ子供だと思っていたはずなのに。

そして、ファルのお腹《なか》に触ると、びくんとファルの体が震えた。

「もう少し力を抜いてくれないか？」

「そっ、その、兄さんに見られて、触られると、どうしても、ごめんなさいっ」

可哀《かわい》そうなぐらいに真っ赤だ。

「緊張することはない、これは治療のようなものだ」

「緊張しないように全力で力を抜きます！」

あまりに必死で笑ってしまう。

そして、その言葉のわりに緊張は解けていない。

仕方ない、なんとか俺の技量でカバーしよう。

(懐かしいな……これ、姉《ねえ》さんにもしたな。ものすごく喜んでくれたけど、ただでさえあった力の差が、広がって悔しかった)

今から行うのは魔力回路の調整だ。

ファルは、魔族の血を宿したことで莫大《ばくだい》な魔力を手に入れた。

しかし、今のままではその魔力に体が耐えられない。

人の体には魔力を血液のように循環させる魔力回路が存在する。

魔力回路には個人差があり、誰しも流れが悪い箇所があるものだ。

そこに澱《よど》みのように魔力がたまり抵抗となってしまう。抵抗はロスを生むし、抵抗があるところに大きな魔力を流せば、魔力回路自体が痛む。

常人の魔力量なら多少の澱みを無視してもいいが、莫大《ばくだい》な魔力を持ってしまったファルにはその澱みが致命傷になりかねない。

(魔力回路の澱みを抜いて抵抗を消す)

そうすれば、魔力の流れがスムーズになりロスなく魔術が使えるようになるし、膨大な魔力を流しても体を痛めることはなくなるのだ。

これは東洋で気と呼ばれる力を鍛えるために編み出された技術であり、西洋の魔術士は目を付けてすらなかった。

魔術ですらない、気を扱う技術に目を付けたのはさまざまな文献に触れているうちに、東洋の気という概念は俺たちが魔力と呼んでいるものと同じではないかと仮定が生まれ、それを検証し確証が得られたからだ。

だからこそ、俺は気に関する文献をかき集め、それを魔力に置き換えて、己の技術とし、こういう技を編み出した。

「兄さんの手からじんわり、温かいのが流れてきます」

「俺の魔力をファルの魔力回路に流しているんだ……見つけた。澱みがあるのは四箇所か」

今、使ったのは【エコー】、治療用の魔術を応用したもの。

これを使えば、澱みはすぐに見つかる。

澱みのある場所に触れた。

「少しだけ痛いのを我慢してくれ」

手の中に、極細で筒状になった針を魔力で生み出す。

魔力回路は体の奥にあるのでかなり長い。

それを振り下ろす。

第一の澱み……ファルの横腹に突き刺さった。

「あれ、全然痛くないです。血も、でないですし」

「少しコツがあるんだ」

俺は微笑《ほほえ》み、突き刺した針を見る。

すると、澱み固まり、抵抗になっていた魔力が針を経由してゆっくりと大気中へと流れていく。

筒状にしたのは、魔力を逃がす通り道を作るためだ。

「今、外に流れているのが、魔力が流れるのを邪魔していたんですね」

「ああ、そうだ。次行くぞ」

次は二の腕。

最近、筋肉が付き始めたそこに第二の針を刺す。

その次は首の右側。

徐々に、ファルもリラックスしてくれて、魔力の流れが穏やかになってきた。

……ただ、問題は最後の澱《よど》みだ。

場所にいささか問題があり、後回しにしていた。

「脚を開いてくれ。できるだけ大きく」

「そっ、そんな、恥ずかしいです」

「右脚の付け根の内側に最後の澱みがあるんだ」

ファルの目に涙が滲《にじ》む。

可哀《かわい》そうだが、妥協はできない。

抵抗がある状態で大きな魔力を使うのは命に関わる。

「……うっ、ううう」

声を出す気力もないらしく、コクリと頷《うなず》くと涙目になって脚を開いた。……いろいろと見えてしまう。

なるべく、早く済ませてあげよう。

右脚の付け根に素早く針を刺す。

「終わったんですか？　もう、足閉じていいですよね」

「澱みが抜けるまではこのままじゃないとまずいな。もう少し我慢してくれ」

この世の終わりのような顔をしているが、ちゃんと言うことを聞いてくれた。

あとでフォローをしよう。

◇

ようやく全ての澱みに針を刺せたので、別の魔術を使う準備をしていた。

いよいよ仕上げだ。

かなり強めに俺の魔力を一気にファルの魔力回路へと流す。

「きゃっ、そんなっ、いきなり、んっ。兄さんのが、すごい勢いで」

針から俺が流した魔力が吹き出ていく。

針を刺しただけでは、流れきらなかった澱みの残骸と共に。

「これ、変です。気持ちよくて、声、がまんっ、んっ、できなっ」

魔力回路の澱みが取り除かれ、魔力が抵抗なく流れるというのはとても気持ちいい。

今まで経験のないタイプの快楽ということもあり、ファルはかなり困惑している。

「もう少しだ。がんばってくれ」

「んっ、ひゃんっ、あついっ、あついですぅ」

五分はこうやって掃除しないと、澱《よど》みが残り、そこを起点にすぐまた抵抗が出来てしまう。やるなら徹底的にしないと意味がない。

「そんな、もう無理です。変な声出ちゃいますぅ。んっ」

それから、妹のあられもない声を聞かされつつ、掃除が終わった。

ファルがぐったりして放心している。

明日からしばらく気まずくなりそうだ。

ファルは針が抜けた途端、股間と胸を手で隠す。相当恥ずかしかったらしい。

上着を投げると、ファルは赤い顔をしたまま羽織った。

「お疲れ様、自分で魔力を流してみてくれ」

「……嘘《うそ》みたいです。いつもより、ずっとスムーズで、これなら、どんな魔術でも使える気がします」

抵抗がなくなると、魔力ロスが減るだけでなく魔術の精度もあがる。

一割から二割、魔術の威力・精度があがるので魔術士にとっては凄《すさ》まじく有用な施術なのだ。普通なら二割も威力と精度をあげようとしたら、何十年も修行が必要になる。

「これで今日は終わり。次は三日後にしようか」

「えっ、ええ、つっ、次があるんですか!?」

「今日はただのゴミ掃除。次は魔力回路自体をいじって、魔力を流しやすくしつつ、澱みがたまらないよう整える。こっちは時間がかかるな。二ヶ月ぐらい定期的にやらないと」

「……私、恥ずかしさと気持ちよさで死んじゃうかもしれないです」

「大丈夫、慣れるさ」

「ううう、もう、お嫁に行けません。……兄さん、もらってくれますか？」

珍しい、ファルが冗談を言うなんて。

兄妹《きょうだい》で、お嫁にもらうもなにもないだろうに。

冗談に乗ってやろう。

「ファルがそうしてほしいなら構わないよ」

ファルが目を輝かす。

せっかく渡した上着が落ちるぐらいの勢いで迫ってきて、俺の手を握った。

「約束ですっ！」

「あっ、ああ」

ファルはさきほどまでぐったりしていたのが嘘のように上機嫌で鼻歌まで奏でた。

これでファルはまた一段と強くなる。だからというわけじゃないが、あれをそろそろファルに与えようか。

「それと、恥ずかしいのと痛いのを我慢してくれたご褒美があるんだ。ちょっと休んだら、外へ出ようか」

「ご褒美ですか⁉ そんな、悪いです。だって、魔力のロスをなくすのは私のためで、兄さんの時間を使ってもらって、それなのに……」

「いいから、受け取ってくれ。もうプレゼントは用意してあるし」

「じゃあ、お言葉に甘えちゃいます。でも、ご褒美のお返しはちゃんとします。兄さん、私にしてほしいこと、欲しい物なんでも言ってください。私何でもします！」

ご褒美のお返しなんて聞いたことがない。

でも、それがファルらしくておかしかった。

◇

ファルと二人、施設の外に出る。

野外戦闘の訓練に使う場所だ。

結界のおかげで、暴れても施設が壊れない。ここに来たのはつまり、そういうわけだ。

「この前の訓練で、また杖《つえ》を壊しただろう？」

「……はい、やっちゃいました」

魔術士は杖を使う。

杖は魔術士にとって必須だと言っていい。

杖には二つの効果がある。

一つ、魔力を収束させること。

二つ、魔力に方向性をもたせ制御の補助を行うこと。

杖を使うことで魔術士は実力以上の魔術が使える。

「気をつけていても、力を込めちゃうと砕けちゃって。とっても高いものなのに」

魔力との親和性が高い素材ほど、いい杖になるし貴重で高価なものとなる。

規格外の魔力を持つファルに与えられる杖は、そこらの家よりも高いぐらいだ。

あのババロア伯爵が顔を青くしてしまうほどには高い。

「ファルが悪いわけじゃない。全力を注げば壊れる道具なんて、使い物にならない。ファルの全力に耐えられないほうが悪い」

「そう言ってもらえると助かります。でも、その、もう駄目そうです。今日のでさらに魔力があがっちゃいました。もう戦闘スタイルを変えるしか……」

「それも方法の一つではあるな。でも、それでいいのか？」

杖は魔力を増幅するわけじゃない、あくまで魔術の補助をするだけ。

であれば、単純な魔術しか使わない。あるいは割り切って魔術そのものに頼らず魔力による身体能力強化のみで戦うというスタイルなら杖《つえ》は不要になる。

「……本当は兄さんに教えてもらった術式をちゃんと使いこなしたいです。でも、私が全力を出せる杖なんて、ないですから」

悲しげにファルが笑う。

力を出せないもどかしさより、俺に教えてもらったことを無駄にする悔しさのほうが大きいのが伝わってくる。

昔から、ファルはずっとそうだ。

俺が渡したものを何一つ捨てず、大事にとっておいて手入れを欠かさない。

それだけじゃなく、形のないものも大事にする。俺が教えたすべてを必死になって身につけ、忘れないように反復を欠かさない。

大事にする、無駄にしない、感謝している。そう口で言うのは簡単だ。

だけど、ファルほどそれを行動で示している奴《やつ》には会ったことがない。

だからこそ、可愛《かわい》く思えるし、ファルにしてやれることはなんでもしてやりたくなる。

「ファルの言う通り、ファルの全力に耐えられる杖は、市場には出回らない」

「悔しいですけど、そうです。でも、がんばりますっ！　今は、さっき言ったみたいな戦い方しかできないですけど。いっぱいいっぱい努力して、杖がなくったって、兄さんに教えてもらった魔術が使えるぐらい、すごい魔術士になりますから」

ファル以外が言ったのなら、俺は無理だと笑い飛ばすだろう。

でも、ファルなら、努力家で俺の教えを大切にしてくれるファルなら、きっとそれを実現してくれると信じられる。

「それができたとき、ファルはすごい魔術士になっているだろうな……だけど、ちゃんと杖を使ったほうが魔術制御技術は向上しやすいんだ。ファルには遠回りしてほしくない。俺には口癖があってな。ないなら……」

俺が続きを言う前にファルが勢いよく手を挙げた。

「ないなら、作ればいい……ですよね」

「ああ、正解だ。ファルが全力を出せる杖がない、だから俺はファルが全力を出せる杖を作った。ご褒美はそれだよ。世界に一つしかない。ファルだけの杖」

俺は背負っていた鞄《かばん》から、ファル用の杖を取り出す。

ファルの圧倒的な魔力に耐えられる頑強さと、可愛い妹が振るうに相応《ふさわ》しい性能を両立させた杖。

「すごく、かっこいいです。これは、剣ですか？」

「正しくは銃剣だ。杖としてはかなり大きな部類に入る」

「じゅうけん？　聞いたことがないです」

「あとで、銃の概念については説明するよ」

この世界における一般的な杖というのは、指揮者の持つタクトのようなものが主流だ。あまり大きく、重くなると取り回しが悪くなる。

また、大きくしすぎると、剣と杖、両方を持つことができなくなるという弊害がある。

だが、俺が作り上げた杖は魔術文字と魔術的な紋様が刻まれたマスケット銃のような見た目で、先端に刃《やいば》が付いている。槍《やり》として使うことを前提とした銃剣。

杖としては大きく、重すぎる。この形状にしたのは逆転の発想から。ファルの魔力量に耐えるには大型化は避けられない。であれば、武器としての機能を持たせ、杖と武器、両方を持つ必要性を無くしてしまえばいいのだ。

「魔術士の戦闘スタイルは主に二つ。一つ、魔力で体を強化して近接戦を行うスタイル。二つ、前衛に守ってもらい詠唱の時間を確保し強力な魔術を使うスタイル。どちらも強力だが、どちらにも欠点がある。前者は手が届く範囲にしか攻撃ができないし攻撃力もたかがしれている。後者は距離を詰められると何もできなくなる」

魔術士のジレンマだ。安定性を求めるなら前者であり、大魔術で戦況を変える切り札としてなら後者。

どちらがいいとは言い切れない。

「兄さんはどちらなんですか？」

「俺は両方だ。目の前に敵がいるなら近接戦を行い、そうでないなら後方から練りに練った魔術で一網打尽にする。ときには近接戦闘の中、コンマ数秒の時間を稼いで魔術を使うこともあれば、体術と魔術を組み合わせることだってある」

「すごいです」

俺のように、魔力が少ないものはその場その場に応じた最善を行えねば話にならない。自分のスタイルを貫《つらぬ》くことができるのは強者の特権だ。

「自分で言うのもなんだが、両方を選ぶのは茨《いばら》の道だ。前者なら魔力強化技術と武術を徹底的に磨かねばならない。後者ならありとあらゆる状況に応じた魔術を正確かつ迅速に使うだけの魔術知識と制御技術がいる」

「両方するには、全部が必要なんですよね」

「ああ。加えて、その場その場でどういう戦いをするかの素早く正確な状況判断と広い視野もな。俺はファルならそれができると信じているし、それができるように教えてきた。だがな、ファルは魔力量が化け物なだけの凡人だ。本当なら、こんな無茶《むちゃ》をやらせるべきじゃないとも考えている」

五歳のときから、ずっとファルを導いてきたからこそわかる。

いわゆる、センスや勘、そういうものをファルは持ち合わせていない。

俺と正反対。俺は魔力に恵まれなかった代わりに、そういった面での才能には恵まれた。

大抵のことを、一度見ただけ、聞いただけでできた。

でも、ファルは違う。何百回も、何千回も繰り返してようやくものにできる。

そんな凡人に、すべてをこなせというのは酷だし、無茶《むちゃ》。無理にやろうとすれば、血を吐くような努力が必要になる。

「どうして、兄さんは武術も、魔術も、ぜんぶ、私に与えてくれたんですか？」

「不器用なのに、必死に俺が教えた技を覚えて、次を教えてってねだるファルが可愛《かわい》くてしょうがなかった……。ファルが求める限り、俺の知っている技を教えてやろうって歯止めが利かなかったんだ」

自然と笑みがこぼれた。

俺は知っている。ファルが夜中こっそり抜け出して一人で何度も何度もその日に習ったことを繰り返して技を自分のものにしていることを。

教えたことをその場で覚えきるだけの才能がなくて、でも次のことを教えてもらうために、ファルは自分の時間をそこに費やした。

豊富な魔力任せに無理やり回復力をあげて、常人の何倍もの反復練習を行ってきた。

それは魔力量があれば誰でもできるかと言えばノーだ。体力は魔力で回復させられても、精神力はどうにもならない。

なのに、ファルは当たり前のように血を吐くような努力をして技を身につける。

そして、苦労しているそぶりを見せずに笑顔でいつもこう言うんだ。

『昨日、教えてくれたこと、ちゃんと覚えました。見ててくださいね！　ほらっ！　だから、次を教えてください！　もっと兄さんのことを知りたいんです』

「そんなファルだから、俺が信じる最強を教えてやりたかった。……そして、この杖《つえ》はそれを為《な》すための杖。引き返すならこれが最後だ。この杖を手にとった瞬間、もう後戻りはできない。俺が教える技なんてものは、ファルには必要ないかもしれない。ファルは生まれ持った魔力だけで、力任せにすべてを押しつぶせる。それだけで強い」

最後の最後に判断を委ねる。

ファルなら普通の前衛や普通の後衛を選んでも、大した努力もなくそれなりに強い魔術士になれる。

俺のように、全部を追い求める必要性なんてない。

なのに、ファルは一切の躊躇《ちゅうちょ》なく、杖に手を伸ばした。

「私は兄さんの全部をもらいたいんです。だから、たくさんのことを教えてもらえる道を選びます！」

ファルが杖を受け取った。

ファルの戦闘スタイルが決まる。俺と同じくオールラウンダー。

今はまだまだだが、いずれは姉《ねえ》さん並の魔力と、俺の技を使う……そんな最強に届くかもしれない。不思議と、嫉妬をする気にはなれなかった。

「ああ、期待している。よし、杖《つえ》について説明しよう。両方をやる魔術士のために設計してある。まず、形状だ。杖でありながら槍《やり》のように使えるから持ち替えが必要ない」

「いちいち武器と杖を持ち替えるのは大変ですからね。それで、この筒はなんですか？」

「超速で魔術を使うためにある。杖に魔力を込めて。【発射《ファイア》】と唱えてみろ」

「やってみます。この杖、すごいっ、すごいです。魔力を操り易《やす》いし、どれだけ魔力を込めても、ぜんぜんびくともしない、こんな杖、初めてですっ！　気持ちいい」

「苦労した甲斐《かい》があった。呪文のほうも頼む」

「はいっ、【発射】」

その瞬間、銃身に刻まれた魔術文字と紋様が輝き、銃口から光弾が吐き出されて、大樹を貫《つらぬ》きそのまま、背後にあった木も貫きながら消えていった。

あの光は魔力によって作られた弾丸。

「銃身そのものに術式を刻んである。魔力を通して、キーワードを言うだけで殺傷力が高い魔術が即時発動できる。前衛でも後衛でもない、その間で使うための魔術だ」

「これ、すっごく便利です！　術式構築しなくても魔術が使えるなんて」

中距離で即時発動できる魔弾はひどく使い勝手がいい。

杖を大型化したのは、この機能を実現するためでもある。

ただ、銃身に刻むことができるのは単工程の魔術が限界。俺の魔力では牽制《けんせい》が精一杯だろう。あれだけの威力が出たのはファルだからだ。

「ちなみに、杖に術式を刻む技術は秘中の秘だ。口外しないように……ファルを拉致して拷問してでも、その秘密を聞き出そうとする魔術士がわんさかわいてくる」

「これ、下手したら魔術史に残る大発明じゃ。なんで、そんな大発明なのに、公表しないんですか？」

「表に出すと面倒だからな」

特許でもとれば、こちらの世界で大金持ちになれるだろう。だが、同時に死ぬほど面倒なおまけが山ほどついてくるのが目に見えている。

「あの、この指をかけるところは何のためにあるんですか？」

「最後の最後のお守りだ。たとえば、全魔力を注いで放つ大魔術の術式構築中。たとえば、魔力を込める時間もないほど切羽つまった状況。そういった魔力が使えない状況で使うためのもの。その突起はトリガーと言うんだが、引いてみろ。筒は岩に向けるといい。そのとき口を半開きにするのを忘れるな。しっかりと両手で構えて力を込めろ」

「こう、ですか？」

ファルがトリガーを引いた瞬間、視認できないほどの速度で弾丸が吐き出され、岩が砕けて遅れて轟音《ごうおん》が聞こえた。

これは魔術じゃない、火薬自体は錬金術で魔術的な加工をして威力を上げているとはいえ、魔力を用いないただの兵器。

正真正銘の銃。たった一発限り。だからこそシンプルな構造となり大口径・超威力の弾丸が使える。

対魔術士戦闘を考慮しているが故の超火力。一般人が撃てば、反動を抑えきれず跳ねた銃で肩を骨折してしまうだろう。

ファルはよほど驚いたようで、はわわわわと動揺している。

「一回限りの切り札だ。魔力がなくても、魔術士相手に致命傷を負わせることができる。使い所はよく考えろ」

わりと、魔力を使えない窮地に陥ることがある。

どうしても魔術士というのは、魔術だけに頼りがちだが、使えるものは全部使うべきだ。

「これで杖《つえ》の説明は終わりだ。どうだ、気に入ってくれたか？」

こくこくと勢いよく何度もファルが頷《うなず》く。

そして、なぜか涙ぐんでいた。

「……そんなに、驚かせたか？」

「違うんです。嬉《うれ》しいんです。私のためにすっごく作るのが大変な杖を作ってくれたことも、私のためにものすっごくいろんなことを考えて工夫してくれたことも。ものすっごく愛してもらえてるって思って。いつも兄さんのプレゼントは素敵ですけど、今日のはとびっきりです」

「可愛《かわい》い妹のためだからな。ファルが相手じゃなかったら、ここまでやらない」

「あの、兄さん」

「なんだ？」

「大好きですっ！」

そう言って、ファルが抱きついてくる。

この一言で苦労が全部報われた気がした。

お兄ちゃんは、大好きな妹のためなら頑張れるのだ。

ただ、ちょっと照れくさくなってきたので話題を変える。

こういうのは苦手だ。

「ごほんっ。来週。王都に行こう。魔術学園の願書を出しにいくついでに観光でもしようか」

「王都なんて初めてです。どんなところでしょうか？　楽しみです」

「ああ、俺もだ」

ついでに学園の中を見る予定だ。

試験の舞台はあそこだから、事前に知っておけば多少は有利になるだろう。

第十話：初めての王都

俺たちは王都にやってきていた。

王都は世界でも有数の巨大な城壁で西以外の三方を囲み、西側には大運河が存在する。

「兄さんから聞いてたとおり、すごい人の数ですね」

「ああ、そうだな」

王都だけあってすごい賑《にぎ》わいだ。

そして、人の数以上に、この街の美しさに目を惹《ひ》かれる。

二十年前、とある事情から国は王都を移さざるを得なくなった。

その際に国中の建築家が集まり、有力商人や政治家たちの意見を聞きながら、徹底的に効率を突き詰めたデザインを行った。通路が広く、人も馬車も行き来しやすい。

また、近くに大運河が存在しており、それが流通の面で活躍している。船を使えば、陸よりも遥《はる》かに低コストで大量の物資が運べる。

王都は政治的にも商業的にも国の中心なのだ。

「お洒落《しゃれ》な人が多いです。田舎者だって、思われないでしょうか？」

ファルが自分の服を見る。心配しなくてもファルは可愛《かわい》いし、お手製の服はよく似合っている。

「田舎者と思われてもいいだろう。実際、俺たちは地方から出てきた田舎者だ」

「私はともかく兄さんは駄目です！」

「そういうものか？」

「そういうものです」

街の中央を通りながら北を目指す。

学園は王都の北方に存在しているし、観光するなら中央街道を通るのが一番いい。初めて見るものばかりで、ファルの目が好奇心に輝いている。

「すごいっ、魔物の糸で作った絹。他には、魔物の皮で作った鞄《かばん》とか、普通の動物素材よりも強いらしいですよ。貴重な魔物の素材がこんなに。さすがは王都です」

「ここにはアレがあるからな」

俺がそう言って視線を向けたのは東側の空。

そこには、黒い塊が存在した。それを人は魔界と呼ぶ。

魔界は大地から伸び、雲を貫《つらぬ》いている。幅はこの街の何倍もあり、終わりが見えない。

あの中には魔物がひしめき合っている。

王都が世界最大級の城壁を有しているのは、魔界から漏れ出る魔物に備えてのもの。

そんな物騒なものの近くにわざわざ王都を用意したのは、この国の王族がよくもわるくも合理的だからだ。

王都はどこに作ろうが戦力を集め、最大級の防壁を作らねばならない。

なら、その戦力と防御能力が必要な立地に王都を建てれば効率的だ。

理屈はわかるが、わざわざ危険な場所に城を建てて住むなんて、並の豪胆さじゃない。

「あれが噂《うわさ》に聞く、魔界ですね」

「そうだ。俺たちの世界を喰《く》らい尽くすもので、戦争を終わらせてくれた存在でもある」

魔界は大陸の中心に存在しており、あれのせいで人間の国はまるでドーナッツみたいに魔界を囲む形で点在している。

そして、魔界は年々広がり続けている。

いずれ、この大陸すべてが魔界に呑《の》み込まれてしまうとすら言われていた。

「不思議ですね、厄介なだけの代物なのに、そのおかげで平和になるなんて」

「どこの国もあれに呑み込まれたくないからな」

魔界は人間にとって邪魔でしかない。

あれのせいで、使える土地は限られるし、溢《あふ》れ出す魔物は害を為《な》す。対策は世界中で考えられていた。そして、十年前、とある賢者が魔界の一部を解き明かした。

魔物が放つ、瘴気《しょうき》によって魔界は広がっている。

魔界に入り、魔物を殺せば魔界の拡大は止まる。逆に魔物を殺さなければ、魔物の増加と共に年々魔界の拡大ペースは上昇してしまい、全ての国があれに呑み込まれるだろう。

「人間同士で争っている場合じゃないですよね」

「だから同盟が結ばれて、国際連合ができたんだ。このあたり試験で必ず出題される。復習だ。国際連合での取り決めを答えろ」

「わかりました。えっと、国際連合では」

ファルが国際連合の条約を暗唱していく。

1．国家間での戦争を禁止する。
2．国家間で争いが起こった場合は、国際連合の臨時会議を開き話し合いで解決する。発言権、主導権は魔物討伐の成果で決まる。

いろいろと細かな条約があるが、おおまかにはこの二つ。

幸い、魔物には魔石と呼ばれる核が存在する。その量と質で魔物討伐への貢献度は一目瞭然だ。年に一度、全ての国が集めた魔石を国際連合に提出し成果を示し、その場で格付けが行われる。

だからこそ、すべての国々は戦争に向けていた力を魔物討伐へと向けた。いわば魔物狩りが、代理戦争のようなものになっている。

「正解だ。よくやった」

「ありがとうございます。……私たちも、いずれ魔界に行くんですよね」

「そうだろうな。魔術学園に入るってのはそういうことだ」

「がんばりますっ！」

それでも軍として行くならリスクは低い。十分なバックアップが受けられるし、いろんな保障がある。

だが……。

「あの人、すっごく景気良さそうです」

「冒険者だ。腕があればかなり稼げる」

目の前であらくれ男が美人を連れて派手に散財している。

身なりと装備からして冒険者だ。軍としてではなく個人で魔物を狩る者たち。

国は一つでも多くの魔石を欲しがり、一般市民からも高額で買い取っている。それを商売にしたのが冒険者。

かなり実入りがいい商売で人気がある。己の身一つで底辺から抜け出したい連中はこぞって冒険者になるのだ。

国からすれば、怪我《けが》をして動けない間の給料を払わなくていいし、死んでも遺族年金がいらないと、軍人を増やすよりよほど安上がりなため魔石を高値で買い取っても得だ。

「兄さんなら冒険者でも大活躍できますよね？」

「自信はあるけど、やりたくはないな。冒険者を三年以上続けられる奴《やつ》らが何割いるか知っているか？」

「わからないです。九割ぐらいですか？」

「三割だ。あれはそういう仕事だよ」

三年で七割もの冒険者が死ぬか再起不能になる。それほどまでに魔界は危険だ。そして、そうなっても軍人と違って誰も助けてくれない。

好き好んで死地に向かうつもりはない。

行くならば、入念な準備を整えて、個人ではなく組織として行くべきだろう。

◇

ようやく学園がある区域まで来た。

俺たちは食べ歩きをしていた。リスのように頬を膨らませて満足げな顔をするファルはとても可愛《かわい》い。冒険者が多いこともあり、意外と庶民向けの店が多いのだ。

そして、いよいよ学園につく。

「……学校というより砦《とりで》だな」

「無骨というか、機能的というか、その、すごいです」

「街の最北に用意しているのは、砦《とりで》としても見ているってことか。つくづく合理主義だ」

学園とはいえ、ここでは魔力持ちのエリートが集まり、英才教育を受ける。

子供でも、そこらの軍人よりよほど強いため、戦力として数えてもおかしくない。

そんな砦の中に違和感がある建物があった。

実用性なんてまったく感じられない、美しい白亜の塔。

無数の鏡を使って、塔の内部に光を集めるギミックが施されている。

……あそこに神器がある。光を集めるギミックは月の光を使う神器に必要なものだ。

「向こうで受付をやっているみたいです。行きましょう」

「ああ、そうだな」

必ず、あれを手に入れる。

そのためにはまず受験で上位十二人に入らなければ。

学園には俺たちのように願書を出しにくる者たちがそれなりに来ていることだし、障害になりそうな奴《やつ》らがいないか、見ておこう。

第十一話：もう一人の天才

受付で書類と金を渡す。

金は俺が自分で稼いだものを使った。

幸い、金には不自由していない。実は、俺は自分を売った金でちょっとした商売をしており、それでだいぶ儲《もう》けている。

魔術には金がかかる。こういった金策は必須だ。

「では、ユウマ・レオニール、ファルシータ・レオニール、両名の願書を受け付けました。試験日には遅れないように」

こくりと頷《うなず》くと、もろもろの書類を渡される。

その中には出題範囲と推薦図書があった。

推薦図書を手に入れないことには話にならない、この時代では本によって書いていることが違う。推薦図書とは、たとえ書かれている内容が間違っていても、それを正解だと試験で扱うと名言したものだ。

「ここに書かれている本、ぜんぶうちにありますね」

「受験に備えて、半年前から揃《そろ》えて、それを使った勉強をしていたんだ」

「……平然とすごいこと言ってますよね」

俺はレオニール伯爵の権力を使うことで、最短距離を走っていた。

受験ではこういう盤外戦術も重要になってくる。

(ここにいる連中は敵ではないな)

意図的に魔力を隠していない限り、魔力量は見抜ける。敷地に入ってから受験者らしきものの力を測っていた。

……いや、訂正だ。一人、とんでもない化け物が現れた。

そいつが、一直線に俺たちへ向かって歩いてくる。

「そこの君、僕の子を産んでくれないかい?」

「ふえっ!?」

あまりにもアレな物言いにファルが怯《おび》え、俺の後ろに隠れた。

その男は、赤髪の美少年。その物腰はいかにも貴族らしく品がある。

それ以上に気になるのは纏《まと》う魔力の量が尋常じゃないこと。A+ランク。姉の一歩手前。

魔族の血を受け入れる前のファルと同じだ。

「僕、おかしなことを言ったかな? それとも聞こえなかった? 僕の子を産んでほしい」

「あの、そのっ」

ファルはこういうことに耐性はなく、しどろもどろになっている。

「妹にちょっかいを出すのは止《や》めてもらえないか？」

「君、彼女の兄さんなんだ？　びっくりするほど似てないね、顔も素質も。君は彼女に比べたら石ころだ」

素質とは魔力量のことを言っているのだろう。

俺は魔族の血を完全に隠す術式を組み上げており、ただのＢ－ランクにしか見えない。

「それとこれとは関係ない」

「関係あるさ。兄だとしても凡人が天才《ぼくら》のことに口を挟まないでほしいな」

「断る。兄は妹を守るものだ」

俺がそう言うと、彼はやれやれと肩をすくめる。

「これだから凡人は……いいかい、僕ら天才の役割はより優れた子を産むこと。それが国の繁栄に繋《つな》がる。ならばこそ、才能を持つ者同士で結ばれないといけない。彼女は素晴らしい。初めて僕と釣り合いの取れる女性と出会った。その才能に見合う美しさも備えている。彼女が僕の子を産むのは必然だ」

貴族によくいるタイプ。サラブレッドを作るように強い魔力を持つ血をかけ合わせ続け、それを誇りに、それだけが正しいと思っている。

そして、魔力という才能に恵まれているがゆえに他者を見下す。

俺が一番嫌う連中だ。

俺は前世で、そういう馬鹿をことごとく知識と技術と努力で凌駕《りょうが》したからこそ、トップランカーで居られた。

「自信満々なところ悪いが。いくら口で俺はすごいと言っても虚《むな》しいだけだ。ファル、帰ろう。こんな馬鹿に付き合っていられない」

「はいっ、兄さん」

俺は踵《きびす》を返す。

こいつと話をしても意味がない。

なにせ、相手はこちらのことを完全に見下して、話を聞く気がないのだから。

「待て、僕はオスカ・フィーリス。フィーリス公爵家の長子だ。このオスカ・フィーリスにそんな態度をとって許されると思うなよ」

「はっ、大層なご身分だが、女を口説くのに家柄を持ち出すのはダサすぎないか？」

「……よく、宣《のたま》った」

次の瞬間、魔力を込めた拳が俺に襲いかかる。

A＋ランクの拳は鉄板ですら貫《つらぬ》く。

しかも、しっかりと鍛錬を重ねてきてあるらしく、体重が乗ったいい突きだ。

並の魔力持ちでは、受け止めることも躱《かわ》すこともできない。

だが、あいにく俺は凡人じゃない。

「僕の拳を……止めた？」

俺は掌《てのひら》でやつの拳を受け止めている。

それも、Ｂ－ランクの魔力しか使わずに。

「どうした、天才の拳は随分と軽いな」

不可能を可能にしたのは技術。

まず、半歩だけ引いて、腕が伸び切って勢いが殺されたタイミングで受けた。

次に、魔力でクッションを作り、着弾と同時に少しずつ硬度を変えて衝撃を殺した。

最後に、オスカが漠然と全身を魔力で強化したのに対し、こちらは踏ん張るという動作に最適化した割り振りで身体能力を強化した。

ここまでやれば、力の差を覆せる。

オスカは目を丸くして、拳を引き戻すと拍手をした。

「へ、ただの凡人じゃないようだね。とても素晴らしい技術だ。……でも、凡人は悲しいね。そこまでしなきゃ差を埋められない。どれだけ頑張ろうといつかは限界がくる」

その言葉が俺の古傷に触れる。

ここまでの技量の差がないと、互角に渡り合えない。しかし、技術というのは弱者の専売特許ではない。

強者も当たり前に努力して、当たり前に技量をあげていく。

追いつかれないようにするにも、先へ進めば進むほど技術の上達は難しくなってしまう。

技量差で圧倒して勝ち続けるのは茨《いばら》の道なのだ。

「同情してくれるのなら帰ってくれないか。こっちも忙しい」

「そういうわけにはいかない」

そう言うと、オスカは手袋を脱ぎ、俺の足元に投げてくる。

「君にも興味がでた。君の技術は美しかった、その価値を認めてあげよう」

「それはどうも」

「だから、暴力を使うのも、フィーリスの権力で叩《たた》き潰《つぶ》すのも止《や》めだ。君を価値ある人間と認め、決闘を申し込む。僕が勝てば、君の妹は僕の子を産み、君は僕の部下兼教師になる。弱者なりの涙ぐましい努力を僕が覚えれば、無敵になると思わないかい？」

「話にならない。こちらが勝ったときのメリットが何一つない」

「そうだね……君が勝てば、このオスカ・フィーリスが実現可能なことであれば、なんでも言うことを聞くというのはどうだい？　ちなみに断ったら、僕なりのやり方で君たちを無理やり手に入れるよ。決闘に応じたほうが良いと思うけど」

その報酬は魅力的だ。

公爵家の力があればできないことはほとんどない。

姉《ねえ》さんのいる世界に帰るという目的に大きく近づく。

だが……。

「俺のほうの条件はいい。だが、ファルのほうは呑《の》めない」

ファルはファル自身のもの。

俺が勝手に賭けのチップにしていいわけがない。

しかし、そのファルが俺の後ろから前にでる。

「私は構いません！」

「本当にいいのか？」

「はい。兄さん、条件を聞いたとき、ちょっといいなって思っていましたよね？　なら、私は賞品になってもいいです。兄さんの役に立ちたい。それに、兄さんなら絶対に勝ちますから、怖くないです！」

ファルは強く言い切る。

簡単に言ってくれる。

相手はA＋ランクの魔力の持ち主、しかも幼い頃から英才教育を受けたエリート。

そして決闘ともなると衆人環視でやらないといけない。魔族の血は使えないし、アストラル・ネットワークも使えない、そんな縛りプレイでの戦いだ。

「決まったかい？　決闘を受けるかどうか」

勝てる自信はある、でも妹を賭けのチップになんて使えない。

そう言おうとして、まっすぐに俺を見つめるファルと目があった。

その目はその言葉より雄弁にファルの心情を語っていた。

……そうか、なら。

「ああ、受けよう。ただし、決闘のやり方はこうだ。入学試験でより上位の成績を取ったほうが勝ちとする」

「へえ、そういう逃げ方をするんだ。……予言しておくよ。必ず、君と僕は剣を交えることになる。受験日が楽しみだよ」

その言葉を最後にやつは去っていく。

おそらく、試験の最終日にあるあれを言っているのだろう。フィーリス公爵家の力を持ってすれば、俺とやつがあたるように融通を利かせるぐらいはできる。

縛りプレイとはいえ、全力で戦うのは久しぶりだな。

せっかくだし、俺の技を磨くのに利用させてもらおうじゃないか。

その上で絶対に勝つ。可愛《かわい》い妹をあんなやつにやるわけにはいかないのだ。

第十二話：カルグランデ魔術学園

受験の願書を出してから二ヶ月が過ぎ、いよいよ受験に挑んでいた。

受験は三日にわたって行われ、すでに受験は三日目。

一日目は、筆記試験。

二日目は、魔力の使用を前提とした身体能力を測るテスト。

そして、いよいよ最終日。

泣いても笑ってもこれで終わりだ。

最終日の試験を受けられるのはわずか二十人。

その二十人以外は不合格……というわけではない。

ここにいない受験生のうち八十人は合格し、二百人強は落ちている。

最終日の目的は、この二十人に優劣をつけること。

「では、三日目、最終試験を始める。まずは合格おめでとう。君たちはすでに合格が決まっている。今年、もっとも優れた二十人だ。……これまでの試験結果を見せよう」

掲示板に成績表が張り出される。

全員がそれに注目する。

（オスカは口だけじゃなかったか）

総合成績一位はオスカ。筆記試験で二位、身体能力測定でも二位。

総合成績二位は俺だ。筆記試験を満点で一位。身体能力測定は五位。技術で補ってはいたが、やはり単純な魔力を使った身体能力測定ではごまかすのにも限界がある。

ファルは五位。身体能力では一位だったのだが筆記試験で十一位という結果に終わり、この順位。

（さて、あの子はどうかな）

二日目の試験で一人、特異な才能を持つ子がいて気にかけていた。

それは、キラルという名で、彼女は六位だ。身体能力試験でファルやオスカという、規格外に匹敵する成績を叩《たた》き出している。彼らに魔力量ではまったく及ばないにもかかわらず。

彼女の力には秘密がある。理論上、そういう存在はいるだろうと思っていたが、実物を見たのは初めてで、魔術士としての好奇心をくすぐられる。

「最終日のテーマは実戦での強さ。我らが望むのは、テストの点が取れるだけの生徒ではない。実戦で戦い、勝ち、生き残る生徒だ。数字では見られない強さを見るには戦ってもらうしかあるまい。だからこそ、今日の集合場所はここにした」

今、俺たちがいるのはコロシアム。

中央にリングが四つあり、観客席にはこの学園の生徒も、一般市民も、貴族もいる。

学園の外の連中を連れてきたのもわざとだろう。プレッシャーをかけた状態での俺たちの振る舞いを見たいのだ。

「それぞれ、成績を配慮した上で戦力が均等になるよう四グループに分けた。総当りで戦い、各リーグを制したものたちでトーナメントを行う。ここでの戦いの結果で二十人の序列を決める。心して挑むように」

言わば、二日目までは予選にすぎない。

ここで十二位以内に入らなければ、召喚獣を与えられることはないのだから。

リーグ戦の表が発表される。ファルが五位だったため、俺かオスカと当たることを不安視していたが、うまい具合いにバラけてくれた。

十二人が合格だということは各グループで上位三人になることが合格ライン。

一つ、気になったのは俺の組にキラルがいること。

……あの子は十二位以内にいれておきたい。あの才能を活《い》かすには召喚獣が必要だろう。

◇

午前のうちにリーグ戦が終わり、昼休憩を挟んだのちに決勝トーナメントが始まる。

リーグを突破したメンバーはあまりにも予想通り過ぎて、面白みがない。

俺、ファル、オスカ、四位の人。

可愛《かわい》そうなのは三位の人だ。リーグ初戦で五位のファルと当たってしまった。完璧に叩《たた》き潰《つぶ》されて自信を喪失し、その後は全敗して実力はあるのに召喚獣が与えられる上位十二人に残れなかった。

オスカがこちらに向かって歩いてきて、皮肉な笑みを作る。

「どうやら、僕は君のことを買いかぶっていたみたいだ。まさか、予選リーグごときで一敗するとはね」

「彼女が強かった。それだけだ」

俺はキラルに一敗した上でリーグを突破した。

負けたのはわざとだ。

彼女は、上位十二人に入る当落線上にいた。

だから、俺は意図的に彼女の実力をアピールしやすい試合構成を演出し、その上でぎりぎりの勝負で負けたように見せた。

リーグ戦で一敗しようと、トーナメントで優勝すればオスカの上にいける。

クラスメイトに有能な人間を集めるためなら一敗ぐらいくれてやる。

「本戦の組み合わせが発表されるようだよ」

「どうせ、おまえとだろう？」

「よくわかったね。僕と君が戦わないまま決闘が終わるなんて美しくない」

こいつにはこいつなりの美学がある。

そうするのは目に見えていた。

「愚かなことをしたな。組合わせをいじれるなら、俺とファルを避けておけば良かった。そしたら、二位にはなれたのに。余計なことをするから三位確定だ」

「挑発かい？　相変わらず凡人は涙ぐましい工夫をするんだね」

「いや、これはただの同情だ」

トーナメント表が張り出される。

第一試合、ファルVS四位の人。

第二試合、俺VSオスカ。

この試合順だと、ファルも俺とオスカの試合を見られるのか。

兄として、妹にかっこいいところを見せなければ。

第十三話：凡人の力

決勝トーナメントの始まりと共に観客はさらに増えた。ＶＩＰ席には有力貴族や、王族までやってきていた。

それほど、注目度が高い。

第一試合である、ファルの試合が終わった。あまりにも一方的にファルが勝利し、ファルの美しさと圧倒的な強さに、とんでもない数のファンが出来てしまった。

（害虫駆除、頑張らないとな）

そして、第二試合が始まる。

俺とオスカはリングの中央で向かい合っていた。

審判が改めて、戦いのルールを読み上げる。

神々の遺産と呼ばれる、今の技術では作れない魔道具が配られ、双方が身につける。

見た目はペンダントで、術者が受けたダメージを代わりに受ける特殊な術式があり、一定以上のダメージを受ければ砕けるようになっている。

ペンダントが砕かれれば敗北。

これがあるから、本気の殺し合いを安心して行える。

試合開始までに少し時間がある。せっかくだし、オスカを揺さぶってみるか。

「ファルの戦いを見てどう思った？」

「素晴らしいね。僕の子を産むに相応《ふさわ》しい女性だ」

オスカは微笑を浮かべて、余裕を持っているように見せている。

しかし、それは虚勢だ。

「嘘《うそ》だな、おまえは怯《おび》えている。あの戦いを見てファルの実力を理解してしまった。初めて自分より強い同年代を見て自信を失っている。決勝でファルと戦って大観衆の前で無様を晒《さら》すのが怖くて怖くて仕方ない。心ここにあらずなのが見てとれる」

オスカの顔がひきつった。

図星だからだ。

「……だとしたら、どうだって言うんだ」

「安心していい、ファルと戦う心配なんて要らない」

「どういう意味だ？」

「ここで負けて決勝にはいけないからな」

「調子に乗るなよ、僕が君に負ける要素はない」

それは本心からの言葉だろうが、それにすがってファルに負ける恐怖から目をそらそうとしている。

だからこそ、そこを叩《たた》く。

「五百三十三戦、五百三十三勝」

見せつけるように己の剣を引き抜く。剣に刻まれた魔術文字が輝いた。ファルに与えた銃剣と同じく、剣と杖《つえ》両方の顔を持つ魔道具。

「それは、まさか」

「俺とファルとの対戦成績だ。俺はファルより強い」

オスカが絶句する。

ふむ、揺さぶるつもりでこんな話をしたが、思った以上に効いた。

プライドが高いやつほど、こういう精神攻撃に弱い。

これをずるいとは思わない。これもまた戦略だ。

試合開始時間となった。

審判を務める教官の一人が手を上げる。

観衆の視線が俺たちに集まる。

そして、手を勢いよく振り下ろし……。

「試合開始！」

戦いの幕が開いた。

この戦いで、俺は演算力を増すアストラル・ネットワーク、前世で得意とした科学と魔術の融合、血に宿した魔族の魔力、そういう規格外の反則技すべてを使うことができない。

使えるのは、ただの凡人が努力で得られる普通の力のみ。

だからこそ、面白い。

凡人の力で天才を打ち破ってみせよう。

◇
(冷静で、頭がいい奴《やつ》だ)

戦闘開始と同時に、オスカは剣を抜き、魔術を使うそぶりを一切見せず、全魔力を込めて身体能力を強化し、全速力で突撃をしてくる。

正しい判断だ。

魔術士が魔術を使うには、術式の構築という手順が必要。

剣が届くようなインファイトの戦いでは術式を構築するだけの時間が得られない。

魔力を使ってできることは、せいぜい体を魔力で覆って身体能力と防御力の向上。

つまり、俺が得意な小細工をする余地がなく、魔力量が勝るオスカが圧倒的に有利。

あいつを挑発したのは、警戒させ、こういう突撃を防ぐためだった。

なのに、オスカは最善の手をしっかりと打ってきている。

（客の目がなければ、いくらでも、至近距離で魔術が使えるんだが……）

霊体を使った並列思考、アストラル・ネットワークを展開すれば、近距離戦闘のような速度域でも魔術の発動が可能だが、あれは切り札の一枚、晒《さら》したくない。

俺にとれる選択肢は、圧倒的に不利な小細工なしのインファイトに付き合うことだけ……普通ならば。

だが、あいにく俺には多くの引き出しがある。

風が吹き荒れた。

「【風盾鎧走《ふうじゅんがいそう》】」

俺が得意とする魔術が完成する。

風の鎧《よろい》が俺を包む。

「なぜだ!?　そんな複雑な魔術、間に合うはずがない！」

あたりだ、さすがの俺もこれだけ複雑な術式をコンマ数秒で完成させるのは不可能。

仕掛けは簡単、試合開始前に挑発をしながら並行で詠唱をしていた。

それも気付かれぬよう、魔力を漏らさず、術式を見せない細工をして。

俺の技量があれば、一流の魔術士程度が相手なら、目の前で魔術を使っても隠し通せる。

「だが、たかが風程度！」

ひるまず、斬りかかってくる。

たかが風。防御力はさほど上昇しない。風は極めて軽く、保有するエネルギーも低い。

結界としてなら、あまりにも頼りない。

だが、【風盾鎧走】の本質はそこにはない。

ひらりひらりと舞い、木の葉のように超速の剣を躱《かわ》す。

風で体を浮かし、重さを消して敵の作った攻撃の流れに身を任す。

流水の動き。

これでオスカを翻弄する。

これだけおちょくれば、息を整えるため、あるいは対策を練るため、そう自分に言い訳をして最善手を放棄する。つまりは距離を取り、小休止を入れるのが普通だ。

俺はそうし向けている。

しかし、彼はひたすら食らいつき距離を潰《つぶ》し続ける。

彼は理解しているのだ。俺相手に距離を取り、魔術を行使する時間を与える危険性を。

彼の評価を一つ上げる。

「ひらひらと小賢《こざか》しい！」

オスカは激高し、限界以上に魔力を爆発させる。

すごいな、尊敬に値する魔力量だ。

魔力に煽《あお》られて吹き飛ばされ、わずかながら距離ができた。

この距離がまた絶妙。オスカが一歩踏み込めば剣が届く、踏み込みの加速を乗せた最大の一撃を振るえ、なおかつ俺が魔術を使うには心もとない距離。

これを計算してやったのなら大したものだ。

オスカの筋肉が盛り上がり、上段に剣を構えた。

全身全霊の一撃。それを隠す気すらない。

次の一撃は、ひらひらと舞う俺を追い越す速さで風ごと肉を切り裂くだろう。

オスカが神速の踏み込みをしながら剣を振り下ろしていく。

その一撃は達人のそれだ。

彼に謝らないといけない。

才能だけでこれほどの一撃を放つことができるものか。

血の滲《にじ》む努力の果てにしかたどり着けぬ領域。

彼が流した血と汗が俺には見える。

だから、俺も今の俺にできる全力で応えよう。

突きの初動に入る。

オスカが選んだ上段からの体重と重力を乗せた一撃は速く、重い。

だが、弧を描く性質上、どうしたって突きより遅い。

最短距離を走らせる突きであれば、身体能力の差を覆し、奴《やつ》が剣を振り下ろす前に腹を貫《つらぬ》ける。

オスカが笑った。

俺が罠《わな》に嵌《はま》ったと思っているのだろう。

……弧を描くオスカの振り下ろしがさらに加速し、最短距離を走らせた俺の突きより早く届くだけの速度を手に入れる。

俺を誘うためにあえて、遅く振り始めたようだ。

このままではコンマ数秒足りない。

故に、俺は【風盾鎧走《ふうじゅんがいそう》】を解いた。

突風。

オスカの言うたかが風が、その足りないコンマ数秒を稼いでくれる。

それでもなおオスカの笑みは消えない。

俺の突きが先に届くと見切り、オスカは突きの着弾ポイントである腹に魔力を集めた。

二段構えの策、先に剣を届ける、それが駄目でも突きを食らいながら剣を振り下ろす。

A+ランクの魔力を限界以上に高めて纏《まと》い防御力をあげている以上、俺の攻撃など通らないし、万が一通ったとしても致命傷には程遠い。

そして、動きが止まった俺を一撃のもとに断ち切る戦略。

「僕の勝ちだ！」

実際にオスカがそう言ったわけじゃない。彼の表情がそう言っていた。

度胸と自信がなければできない手。

(狙いはいいが、それは悪手だ)

残念ながら、そんなわかりやすい力任せの技が通用するようなら、ファル相手に全勝できていない。

俺はその二段構えすら読み、さらに一手先を準備していた。

脳内物質を過剰分泌させてリミッターを外し、筋力、魔力ともに限界を超える。

地面が割れるほどの踏み込みと同時に剣を突き出した。自身を最高速に至らせながら、相手の勢いをも利用するカウンター。

足から腰へ、腰から腕へ、腕から手へ、手から剣へ、芸術的な力の連動が螺旋《らせん》を描き、一切のロスなく全運動エネルギーが集約した突きとなる。

それに合わせて、筋肉繊維一本一本を意識し体の動きに連動させ、刹那のタイミングで稼働筋肉のみに全魔力を集中させていた。

そんな真似《まね》をすれば、魔力で強化していない部分が壊れる。

そんなことは端《はな》から承知。

神速の剣をもって、体を壊してまで突きを届かせる技。

剣技と魔力操作の融合。

インファイトにおいて俺がもっとも頼りにする技の劣化版。

その名を……。

「【偽瞬閃：弐ノ型・突】」

一瞬に全ての力を放出し、一点に集中させる。

B－ランクの魔力でありながら、その一撃はA＋ランクにも匹敵する究極の一点突破。

俺とオルカが交差する。

「かはっ、うっ、嘘《うそ》だ、僕が、まけっ」

オスカの剣は振り下ろされることなく止まり、握力が緩まって剣が滑り落ちる。

俺の剣がオスカの腹を貫《つらぬ》いたからだ。ダメージを肩代わりするペンダントはあまりの負荷に砕けてしまっている。

それを見届けて、剣の柄を放して後ろへ跳ぶ。

オスカが崩れ落ち、俺も膝をつく。

（やはり、この技は反動がえぐい）

自己治癒力を強化する魔術を行使する。筋肉が何箇所も断裂し、骨は折れてはいないものの複数箇所にヒビが入っている。

自爆技もいいところだ。

本物の瞬閃《しゅんせん》なら、このような無様を晒《さら》さないのだが、アストラル・ネットワークなしの演算力じゃ、欠陥技の【偽瞬閃】が精一杯。

だが、ただの凡人としては極限の一撃だと胸を張って言える。だからこそ、オスカの思惑を超えられた。

勝利の余韻を一瞬で吹き飛ばすような、強烈な視線……いや、殺意のようなものを感じて、観客席を見るがとくに怪しいものはおらず、殺気は消えていた。

……今のはなんだ？　あれだけの殺気、ただものじゃないはずだ。

「しょっ、勝者、ユウマ・レオニール。医療チーム、速く、オスカを！」

そんなふうに考えていると、勝ち名乗りが上げられ、それと同時に医療チームが駆け寄り、剣を引き抜き、治療を始める。

重要な臓器と太い血管、骨を避けて貫いた。後遺症どころか、傷跡も残らないだろう。

観客席から歓声が響き渡る。

だれもが、オスカの勝利を確信していた。

オスカは神童、この国始まって以来の天才と呼ばれていた。

それを無名の俺が打ち破ったのだからこそのどよめき。

俺は、ファルのほうを見る。

名前も知らない数百人より、ファルと勝利を分かち合いたい。

ファルが笑顔で手を振っているので俺も振り返す。

さて、決勝はファルとの戦いか。

厳しい戦いになりそうだ。

今までファルに負けたことはないが、ファルも強くなっている。

……それに二人きりのときと違って、封じ手まみれでやらなければならないのはきつい。

もしかしたら、五百三十四戦目にして初めての黒星が付くかもしれない。

◇

酒場にいた。

もう遅い時間なので、今日も宿に泊まり、研究所に戻るのは明日にした。

「もう、兄さんはずるいです。あんなの一度も見せてくれたことないじゃないですか！」

ジョッキをテーブルにたたきつけて、ファルが頬を膨らませている。

「今日の条件でファルに勝つには、不意を打つぐらいしかなかったからな。それと、戦いにずるなんてものは存在しない。見抜けない奴《やつ》が間抜けなだけだ」

決勝戦、俺は今までファルに見せてなかったカードを切った。それも少々大人げないカードだ。俺の想像以上にファルは成長していた。負けてもおかしくなかった……というより、ぎりぎりで勝ちを拾っただけ。

むろん、観客の前でなければ、アストラル・ネットワークを始めとした数々の手札を使えるため、まだまだ負ける気はしない。

それでも、ファルの戦いは、いつか俺に追いつく時がくると確信させるものだった。

「でも、兄さんが一位なのは、とってもうれしいです」

「そういうファルも二位だ。最高の結果だな」

自分が一位になるより、俺が一位になるほうを喜ぶのは実にファルらしい。

「はいっ、というわけで祝杯です！」

ジョッキをぶつけ合う。

この国では十二歳から酒が許されているので合法だ。

さすが、王都だ。いいエールを置いてある。

レオニール伯爵への土産に一樽《たる》ぐらい買っておこう。あの人は意外と酒を呑《の》む。それもお菓子を肴《さかな》にして。

ワインにババロアをぶち込んでぐちゃぐちゃにして呑むのはさすがにどうかと思う……人の趣味を否定する気はないが、俺には合わない。

「ここいいかな？」

相席を申し出てきたのは、意外な人物だ。

「決闘の結果に不服でもあるのか……オスカ」

彼の最終序列は三位。

俺に負けたあと、治癒魔術で血を止めたとはいえ、腹に大穴が開いたまま三位決定戦に勝利した。

あれだけの傷だ。実力の三割も出せなかっただろう。相手は規格外でなくとも極めて優秀だった。にもかかわらず勝つなんて、こいつも大概化け物だ。

「そんな恥知らずな真似《まね》はしないさ。僕は負けを認めているよ」

「潔くて、逆に怪しいな」

「君たち二人の戦いを見せられてわかった。君たちには遠く及ばない。僕だけじゃない、あんなものを見せられた全員が格の差を思い知らされたんだ」

俺とファルは本気を出しすぎた。

生徒たちには刺激が強かったのかも知れない。

「なら、なんでここへ来た？」

「……ここに来たのは謝罪をするためなんだ。失礼なことを言って悪かった。事前の取り決め通り、ファルくんには手を出さないし、僕にできることならなんでもするよ」

こいつは自意識過剰だが悪いやつではなさそうだ。

「なら、もうおまえは敵じゃない。席につけ」

「ありがとう……それと頼みがある。僕を君の弟子にしてくれないか？　ファルくんを鍛えたのは君だろう？　君に教えを請えば、僕もファルくんみたいになれるはずだ」

「断る。妹に悪い虫を近づけたくない」

　こいつはファルを怖がらせた。

　改心しても、あんなことを言った奴《やつ》を妹の近くにおいておくわけにはいかない。

　オスカが絶句している。

　おそらく、頼み事を断られた経験が無いのだろうな。

「あの、とにかく、呑《の》みましょう。オスカさんはエールでいいですか？　これからクラスメイトになるんですし、楽しくやらないと！」

「あっ、ああ、構わないよ。ファルくんは優しいね。まるで天使のようだ」

　ファルの手を掴《つか》もうとしたので払い落とす。

　ファルの顔が赤くなっていた。

　なんだ、この反応？

「まさか、ファル、こいつに惚《ほ》れ……」

　オスカはイケメンだ。魔力量が異様に高く将来有望、努力家でもある。おごり高ぶっているだけで性格も悪くはなく、しかも公爵なんていう王家に次ぐ大貴族。

　文句なしの優良物件、ファルが惚れてもおかしくない。

「ちっ、違います！　私がうれしかったのは、兄さんが嫉妬してくれたからです！」

「……そんなことをした覚えはないが」

「だって、オスカさんの手を払い落とすとき、ものすっごく嫌な顔をしてました。あんな顔をしている兄さんは、父さんの大人げない嫌がらせを受けているときぐらいです。私が言うんだから間違いないです！　私ほど兄さんを見て、兄さんに詳しい人はいません！」

凄《すさ》まじい剣幕《けんまく》だ。

こんなファルは珍しい。

そんな横でオスカが黄昏《たそが》れている。

「……ふふふ。決闘でも負けて、恋でも負ける。僕は負け犬さ。当て馬さ、ふふふ」

さすがに可哀《かわい》そうになってきた。

「まあ、とりあえず呑《の》め」

ようやく届いたエールを彼に渡す。

「慰めてくれるのかい？　なら、さっきの弟子の件を」

「それは断る」

「意地悪だね、君は」

そう言いつつも、オスカはジョッキを持ち上げた。

仕方ないのでそれに付き合って乾杯をする。

まあ、これぐらいはいいだろう。

これから、クラスメイトになるのだから。

それから、三人で祝勝会を行った。

話してみるとオスカは悪いやつではないのでは？という推測が正しかったと気付く。話題が豊富だし、会話もうまい。

うまくやっていけるだろう。

そして……。

（なんとか、ここまでたどり着いた）

受験は成功し、神器を使うチャンスを手に入れた。

そのチャンスを無駄にしないよう準備を始めよう。世界の壁を破る魔術、丸裸にしてやる。そして、己の力で異世界に渡るすべを見つけ、姉《ねえ》さんと再会するのだ。

第十四話：召喚の儀

固いベッドから抜け出して着替えて、脱いだ服をたたむ。

俺は今、寮の自室にいた。

学園に入学してから早くも一ヶ月が経《た》っている。

全寮制であり、入学のタイミングで寮へ引っ越してきた。

寮の設備は極めて一般的な兵舎。

生徒たちの中には不満を持つものも多い。

なにせ、ほとんどが贅沢《ぜいたく》な屋敷で使用人に家事を任せて育ってきたお坊ちゃま、お嬢様たちなのだから。

ここでの暮らしは一兵卒のそれ。食堂で出される料理は栄養があるとはいえ質素。トイレ、シャワー、サウナは共同。部外者は立ち入り禁止のため、洗濯、掃除などは自分でやるしかない。

これも教育・訓練の一環らしい。

俺たちに期待されているのは魔界へ進軍し、魔物を倒すこと。

遠征で貴族らしい生活など望むべくもない。状況によっては劣悪な環境でのサバイバルを強いられることもある。

だからこそ、こういう暮らしに慣れておかなければならない。

「おはようございます。兄さん」

部屋を出ると扉の前でファルが待っていた。

この一ヶ月で見慣れた制服姿。ファルは美少女だけあって、なんでもよく似合う。

ファルが腕を組んできた。入学以降、こんなスキンシップが増えた気がする。

「おはよう。行こうか」

「はいっ！」

ファルと二人、校舎を目指す。

今日は俺たちにとって特別な日だ。

◇

校舎に行く際、注目の的になるのだけは未《いま》だに慣れない。

上位十二人は制服のデザインからして違う。

学園側は意識的に、俺たちを特別扱いしている。

また、多くの英雄を輩出したことから、英雄教室とまで呼ばれていた。

そんな羨望と嫉妬の目を浴びながら教室にたどり着く。

嫉妬には、召喚獣クラスにいることだけじゃなく、ファルとのスキンシップに対するものも多分に含まれているというのは、気のせいではないだろう。

「やぁ、ファルくん、ユウマくん、今日も美しいね」

「おはようございます。オスカさん」

「……ファルに向かってならともかく、俺に向かって美しいってどうなんだ？」

「ははは、美しい人に男も女も関係ないよ。ユウマくんは美しい」

付き合ってみてわかったのだが、オスカは一度気に入った相手には、べったりまとわり付いてくるタイプだ。

なんだかんだ言って、俺たちは友人という関係に収まっている。

「俺が美しいかどうかはおいといて、もう、こっちの生活には慣れたようだな」

「まあね、掃除や洗濯もやってみるとそれなりに楽しいものだよ。次は料理を覚えたいと思っているところなんだ」

オスカの身だしなみは整っている。

シャツ一つとっても、ノリが効いてぱりっとしていた。なんて適応力。

教室にいる連中を見渡しても、シャツはしわくちゃ、汚れも落ちきっていない情けない格好のものが多い。

一番の大貴族に生まれたオスカがもっとも早く適応しているのは意外だ。

そうこうしていると教官が入ってくる。

「席につけ」

その一言で、全員が席につく。

だが、クラスメイト全員がどこか浮ついている。

「いよいよ、今日ですね。楽しみです」

「僕に相応《ふさわ》しい子、どんな子だろうね」

ファルとオスカの声が耳元で響く。

俺が教えた風の魔術のおかげで、声を耳元に運ぶことで教師に気付かれずにおしゃべりをできるのだ。俺は返事をせずに頷《うなず》いた。

（いよいよか）

そう、今日は召喚獣を呼び出す日なのだ。

この日のために解析魔術をいくつも用意したし、それを強化するために貴重な触媒を揃《そろ》えた。アストラル・ネットワークもさらに進化し、ステルス仕様にした。

神秘の力がどのようなものか、見て、暴いて、俺のものにするために。

◇

日中の授業は、召喚獣について改めて学ぶ座学を行うことになった。

そして、夜には特別授業として、この学園内にある月光の塔に移動し、神器を使って召喚獣を呼び出す。

「君たちに力を授ける神器は【月の聖杯】。その力とは異界の神獣を召喚することだ」

ただの獣ではない、いわゆる高位存在まで上り詰めたもの。

そんなものを呼べるからこそ、月の聖杯は神器と呼ばれる。

「月の聖杯は術者の魂と感応し、ありとあらゆる世界に存在する月の聖杯と響き合い、もっとも術者の魂に相応《ふさわ》しい神獣の魂に語りかける」

これこそが俺の求める能力、世界の特定と橋渡し。

「そして、その神獣が呼びかけに応じれば、月の聖杯が道を作り、その道を通って神獣の魂が招かれ、術者の魂に宿り、契約が為《な》される。その一連の流れを召喚の儀と呼ぶ」

召喚と言っても神獣の肉体ごと世界を渡ることはできない。

あくまで運んでくるのは魂だけ。

「契約後、術者は三つの力を得る。一つ目は霊体である召喚獣に魔力を注ぐことで、その力を行使する【神獣撃《しんじゆうげき》】」

大したことがないように聞こえて反則クラスの力だ。

第一に、神獣とまで言われる高位存在の力を振るうことができる。

第二に、術式を構築する時間が不要。

魔術士の弱点は、術式構築の所要時間。しかし、神獣は魔術を呼吸するように行う。体の作りの違いだ。

人間の体はコンピュータのようなもので、魔術を行うにはプログラミングのようにコードを生成しないといけない。言わば汎用型。

神獣たちの場合はマイコンのようなもの。予《あらかじ》め特定のコードが刻まれているため、コードを生成しなくとも魔力を通すだけで魔術が使える。使える術式の数は少ない代わりに、人間より遥《はる》かに強力で効率がいい魔術を即時使える。言わば特化型。

どちらがいいとは言えない。

しかし、召喚獣を宿すことで、汎用型と特化型のメリットを両方得られる。圧倒的なアドバンテージだ。

だからこそ、召喚獣を持つ魔術士は周囲から羨望の目を向けられる。

「二つ目は、己が魔力で召喚獣を実体化させる【神獣顕現《しんじゆうけんげん》】。凄《すさ》まじい魔力を要するために、事前に大量の魔力を神獣へ注いでおかねばならない」

その有用性は極めて単純。神獣という高位存在がそのまま味方になる。

だが、デメリットも大きい。神獣が全力で戦えば、秒単位でそこらの魔術士数人分の魔力が吹き飛ぶ。それだけでなく、世界が異界の神獣などと言ったありえないものを認めず、あるべき形に戻そうと抑止力が働く。

抑止力に抵抗するためにも、莫大《ばくだい》な魔力を消費する。

強力ではあるが、極めて燃費が悪い技だ。

「三つ目は……教えることができない。おまえたちにはまだ早い。試すことすら許さない」

教官はあえて口にしなかったが、俺はそれを知っている。

この学園では図書館への立ち入りは自由で、貴重な本がいくつもあり、その中に召喚獣の本もあった。

三つ目、それは術者と召喚獣との融合。

【神獣合身《しんじゅうがっしん》】。

召喚獣の魂を己が体に受け入れ、溶け合い、自らを変質させることで術者が擬似神獣となる。あくまで己の変革だから、世界の修正力が働かないため燃費がいい。

いわば、一つ目と二つ目の欠点を解消した最強の力。

だが、神獣の魂をたかだか人間の器で受け入れるという時点で無茶《むちゃ》だし、神獣が一つになることを望まないといけない。神獣側も魂を重ねるなんて、自らの人格を歪《ゆが》めかねない真似《まね》はしたくないので反発する。

（少なくとも、俺はこんな手を使える気がしないし、使おうという気も起こらない）

歴史上、三人だけこの技に成功したらしい。

逆に言えば、毎年十二人ずつ召喚獣使いが生まれているのに、その三人以外の全員が失敗している。もはやただの自殺行為。

教官が教えなかったのは正解だ。

（……クラスメイトたちは興味津々か）

おとぎ話に出てくるような神獣が自らに仕える。

胸が躍るのは仕方ないだろう。

◇

夜、月光の塔にクラスメイト全員と儀式の補助として数名の教官が集まっていた。

一階から最上階まで、中央が吹き抜け式で一階中央に月の聖杯が安置されている。

月が最も高く上がる時間、天井が動き、満月が姿を現した。

そして、月光の塔に仕掛けられた無数の鏡が月光を集約させ、月光が月の聖杯を満たす。

月の聖杯は、月光を魔力として溜《た》める杯。

月が出る夜はこうして月光を溜め込み、年に一度、もっとも月の魔力が高まる日だけ召喚魔術を可能とする。

「コナルド・ハビナルア。前へ」

序列十二位の生徒が前に出る。

下の序列のものから、召喚獣を呼び出すのが通例だ。

授業で習った詠唱を、コナルドが行う。

俺の持つ全ての解析魔術を使いながら眺める。アストラル・ネットワークも、神気が満ちているここなら隠蔽が可能。予《あらかじ》め、神気に紛れやすいように術式を弄《いじ》っておいた。

何一つ、見落とさないように全神経を傾ける。

すごいな。コナルドは自らの魔力を一切使っていない。膨大な魔力が月の聖杯から流れ出し、コナルドの魂に触れた。

そして、魔力がコナルドの色に染まり、世界の壁を越えて伸びていく。

術式を逆算……しきれない。

だが、わからないということを含めて事象全てを記憶する。あとで検証するために。

さらに、異世界から別の力が流れ込んでくる。

ああ、そうか。これは月の聖杯だけで行っている魔術ではない。

異世界の月の聖杯とも協力して行う魔術なのだ。

道を作るとはよく言ったものだ。

こちらの世界と向こうの世界。その両方から手を伸ばして道を作っている。その道から、凡《およ》そ、ありえないほど高位の霊格が姿を現す。

霊体でありながら、霊視の魔術を使わずとも、視認できるほどの規格外。

それは紫の体毛に覆われたとても可愛《かわい》らしいリスと猿の中間のような生き物で、額には赤い宝石が埋まっていた。

あれは、まさか、カーバンクル？

空想上の存在として扱われていた存在、実在したのか。

その霊が、コナルドの肩あたりにぷかぷか浮いている。

「これが、俺の、召喚獣」

戸惑うコナルドに教官が笑いかける。

「彼の名が君の魂に刻まれたかね？」

「はっ、はい、カーバンクルだと名乗っておりました」

「うむ、名前を教えることが、契約完了の証《あかし》。そのカーバンクルが君の力だ」

コナルドは小躍りしながら月の聖杯から、離れていく。

……まずいなこれは。

俺は冷や汗を流していた、これはまずい。

今の一連の流れで見る限り、月の聖杯は俺の求めていたものと違う。

それからも次々と生徒たちが召喚獣を従えていく。

俺が気にかけていたキラルという少女は巨大な鎧《よろい》を纏《まと》った騎士を召喚していた。

今はオスカの番。

(間違いであってほしかった)

召喚獣の召喚を見れば見るほど、俺の中で不安が膨れ上がる。

不安じゃない。確信だ。

月の聖杯は期待はずれだった。

ぶっちゃけた話をすれば、世界の壁を壊す魔術ぐらいなら自力でたどり着ける目算があった。それ以上に難しいのが望む世界を見つけること。

　異世界と一口で言っても、数万、数億、それ以上の世界があってもおかしくない。

俺が月の聖杯に期待していたのは、術者と相性のいい神獣を選ぶという能力のほうだったのだ。それを解明すれば、俺が姉《ねえ》さんのいる世界を特定し、そこを目指すための足がかりになると信じていた。

(こうして見ればなんのことはない)

ただ単に、月の聖杯は同一存在が数多《あまた》の世界に散らばり、それらと交信しているだけ。

つまり、俺には絶対に使えない類《たぐい》のもの。

真似《まね》をしようにも己の分身を姉さんのいる世界に置くことができるのなら、そのまま帰ってしまえばいい。

姉さんに繋《つな》がると思っていた糸がぷつりと切れた、そんな気がした。

あと一歩というところまで来ていたのに……。

誰かに肩を叩《たた》かれる。

「浮かない顔をしているね。僕のシルフを見て、追い抜かれたと恐れおののいているのかい？」

オスカが召喚したのは風の精霊、シルフ。見た目は、とても美しい緑の髪をした三十センチサイズの透明な羽を持つ少女。そんなシルフが彼の頭の上で女の子座りをしている。

精霊と呼ばれる存在、それも代表格の一つ。

シルフの力を彼が使いこなしたら、彼に敗北する可能性も十分ある。

「いや……別のことを考えていた」

ここにきて、ここまで何年もかけて振り出し……その事実が重く伸《の》しかかり、精神的にかなりきている。

「君が落ち込むのは勝手だけど、時と場所を選ぶべきじゃないかな？　今からファルくんの晴れ舞台だ」

「……まともなことを言うときもあるんだな」

「君は失礼な奴《やつ》だね」

悔しいが、オスカの言う通りだ。

今のままじゃ、ファルを不安にさせてしまう。

兄としての義務を果たそう。

頬を叩《たた》き、笑顔を作ってファルに手を振る。

するとファルが心配そうな顔をやめて、笑ってくれた。

「兄さん、次は私の番です。見ていてくださいね」

ファルが月の聖杯の前へ行く。

『兄さん』か……もう何万回も俺に向けられ、そしてそのたびに心が温かくなる言葉。

かつて、俺が姉《ねえ》さんに救われたように俺はファルを救おうと決めた。

でも、むしろ救われていたのは俺だ。姉さんと別れて、一人ぼっちの異世界でファルと一緒にいるのがとても心地よくて、ファルの笑顔を見るたび……救われていた。

いっそ、姉さんのことは諦めて、ファルとの幸せだけを考えるか？

これからもファルと一緒なら、満ち足りた日々をおくれる。

姉さんの代わりにファルと幸せに暮らしていけばそれで……。

（ふざけるな）

俺の中で熱い何かが叫んだ。

おかげで、大事なことを思い出す。

俺は姉さんと約束した。

ずっと一緒にいるって。

だから、あのときは死を受け入れた。

死の先でまた会えると信じて。

もし、姉さんが俺の立場なら諦めるものか。

考えろ、考えろ、考えろ。

手はあるはずだ。

諦めの悪さが、俺の一番の武器だろう。

「ああ、そうか」

自然と口から言葉が漏れた。

妹を見守っているうちに、姉へと繋《つな》がる細い糸がまだ手の中にあることに気付いた。

月の聖杯の力を借りればいい。

月の聖杯は、数多《あまた》の世界に散らばっている。なにかしらの手段で、その情報網を利用すればいいのだ。

つまり、数多の世界にある月の聖杯を、俺の目にして姉さんを探す。

そうすれば、世界の特定ができる！

道が開けた。ゴールが見えたのなら、どれだけ遠くてもまっすぐに進めばいいだけ。

そんなことを考えている間にファルが召喚を終えた。

「兄さん、見てください！　すっごく可愛《かわい》いです、この子」

クラスメイト全員がほうけている。

ファルが呼び出して、俺へと差し出した彼女の手に乗っているのは、どうみても可愛らしい子ぎつねだったからだ。

その子ぎつねは大あくびをして、それからファルの顔を見る。

「うーん、合格にしてやるの。素質も、容姿も、ルシエの相棒に相応《ふさわ》しいの。名前を言いやがれなの」

「ふぁっ、ファルです」

「ファル……覚えたの、ルシエがよろしくしてやるの！」

「はっ、はい。よろしくおねがいします」

神獣とはいえ、言語を使うだと？

神獣でも、言葉を使う種族は極めて珍しい。

「ファル、その子の正体はなんだ？」

キツネの神獣だと考えると、いろいろと候補はある。

まずは妖狐《ようこ》、いや、妖狐はさすがに神獣として呼ばれるだけの格はない。

だとしたら九尾か？　いや、あの子はどう見ても尻尾は一本だ。

「えっと、天狐《てんこ》だって言ってます」

天狐!?

ありえない。

妖狐は魔力を蓄え、尻尾を増やしていき、やがて九尾となる。

その九尾は成熟すると、逆にその尻尾を減らしていき、尻尾に込めていた魔力を体に馴《な》染《じ》ませ、より強大な存在となっていく。

そして、四つまで減ったとき天狐となり、尻尾をすべて失ったとき空狐《くうこ》へと至る。

もし、その説が正しいのであれば、尻尾が一本しかない天狐は限りなく空狐に近い存在。

九尾の時点で、国をいくつも滅ぼす魔性だ。

それを遥《はる》かに凌駕《りょうが》する存在であれば、問答無用で神獣の中でも最高位。

「ルシエはすごいの！」

天狐のルシエがドヤ顔をして、その霊格を見せつける。人間も、神獣たちすら、その圧倒的な存在感に気圧《けお》される。

……ファルめ、とんでもないものを引当てやがった。

月の聖杯が選ぶのは、術者に見合う存在。ファルのことは評価していたが、俺がまだ気付いていない潜在能力が隠されているのかもしれない。

そんな興奮さめやらぬ中、俺が呼ばれる。

ファルがエールを送ってきた。

「ユウマ・レオニール、前へ」

そして詠唱を始める。

（せっかくだ。実験をさせてもらう）

術式に介入する。

神器、つまりは神の業に手を加えるのは人の手にあまる。

だが、この俺が、十一回もの召喚の儀をありとあらゆる解析魔術を発動しながら見せてもらったのだ。裏技の一つや二つ、思いつく。

月の聖杯と意識のリンクに成功。

月の聖杯が見ている世界が見える。情報の奔流、人間の脳など一瞬で焼け切れる情報密度。アストラル・ネットワークでバックアップしつつ、最低限必要なもの以外すべての情報を切り捨て、解像度を下げることでぎりぎりで耐えられる情報量にする。

見えてきた、月の聖杯のことをより深く理解した。

俺の魂に月の聖杯が触れるのを感じ取る。俺に見合う召喚獣を呼ぶためのデータを集めている、ここに介入し、収集データを改変した。

聖杯の術式に干渉することは難しくても、渡すデータをごまかすぐらいなら容易《たやす》い。

聖杯に姉《ねえ》さんを探させるようにしたのだ。

むろん、一発でうまくいく確率は低い。

それでも、試してみる価値はある。

意識が霞《かす》んでいく。

儀式が佳境に向かうほど、情報量が増える。もはや、情報処理でごまかせるレベルじゃない。これ以上リンクを続ければ脳が焼け切れる。

リンクを切った。完全にリンクが切れるまえ、『やっと呼んでくれたね』と懐かしい声が聞こえた気がした。

（やばかったな、あと一秒リンクを切るのが遅かったら、もっていかれた）

姉さんの声なんて、幻聴が聞こえる始末だ。

リンクが切れたあとも月の聖杯の儀式は続く。

異界と繋《つな》がる道が開かれた。

いよいよ、俺の召喚獣が現れる。

誰もが言葉をなくした。

そのあまりの美しさに。

白いドレスと白い翼。

清浄で高貴な空気。

美しさだけではなく、包み込むような母性が同居している麗しき女性。

その存在の名は、見れば誰でもわかる。

天使だ。

神器を使ってなお、そんなものが現れるのはおかしい。

天使とはその名の通り、神の使いであり、神獣というカテゴリーのさらに上の存在。

さきほどの天狐《てんこ》が、神器で理論上呼びうる最高の存在なら、この天使は枠を完全に超えてしまった存在だ。

教官と生徒たちが、その場にひれ伏した。

頭ではなく、魂がそうさせた。

そんな中、天使と向かい合う。

俺もまた、他のものと同じく言葉をなくしていた。

相手が天使だからじゃない。

だって、彼女は。

「やっと会えたよ、ユウマちゃん。一万年と二千年ぶりに抱きしめてあげるね」

天使……いや姉《ねえ》さんは実体化をすると、満面の笑みで涙を流しながら、俺を全力で抱きしめた。

第十五話：再会と嘘《うそ》

俺が召喚の儀を終えてすぐ月が頂点を過ぎ去り、見えなくなった。

月の聖杯から光が消えさる。

次に月の聖杯が輝くのは一年後だ。

そして、俺は硬直してしまっている。

俺だけじゃない、ここにいる全員が。

その原因は、さきほどから俺に抱きついている天使……姉《ねえ》さんのせいだ。

「うーん、ユウマちゃんの匂いがする。癒《いや》されるよぅ。もう、大変だったんだからね。がんばって高位存在《てんし》になってユウマちゃんの魂を探してはみたものの、ぜんぜん見つからなくて、しらみつぶしに次々にいろんな世界を探して一万二千年よ。おばあちゃんになっちゃうところだったの」

一万二千年ってもう、おばあちゃんどころの騒ぎじゃないような気がする。

「でも、ユウマちゃんが呼んでくれたから、やっと見つけられたの！」

俺をハグする手に力がこもる。

その匂いと、柔らかさがとても懐かしくて、涙が出そうになった。

姉さんの今までのセリフでだいたい事情は察する。

俺が転生して会いに行くことを選んだように、姉さんは高位存在である天使に昇格することで、『死が二人をわかった後』の再会を目指していた。

そして、姉さんが俺を探し続け、俺が諦めずに声をあげたから再会できた。

奇跡的な確率ではある。

だけど、これは奇跡なんかじゃない。不可能を可能にする努力をお互いが幾重にも重ねて来た結果。純然たる努力と執念の結晶だ。

「また、会えてうれしい。その、なんだ。どうして、召喚獣になったのに俺の魔力なしで実体化しているんだ？」

緊張のあまり、どうでもいいようなことを聞いてしまう。

もっと、他に話すべきことはいくらでもあるのに。

「この首飾りについてる宝石一つひとつが、私の体だった魔力の塊。道が狭くてね、肉体を捨てたり、霊格を落としたり大変だったの。今は、その魔力を使って実体化しているのよ。すごいでしょ」

姉の首元には七つの輝く宝石がついたネックレスがあった。

天使の肉体はもともと物質的なものでなくエーテル体。

そういう力技もできなくはないか。

「実体化できることはわかった。だけど、それ大丈夫なのか？」

この世界にはない異世界の異物が実体化しているのだ。

世界の抵抗力にあらがわないといけない。

「大丈夫なわけないよ。だって、天使よ？　神の許可なく降臨を続けるだけでめちゃくちゃ魔力消費し続けるし、別世界から来てるから世界の抵抗力もあって二重苦。がりがり削られてるの。ほらっ」

そう言うなり七つの宝石、その一つが砕けている。

えげつないな、たったこれだけの時間の実体化で天使の肉体を構成する魔力の七分の一が消失するなんて、ありえないほどの燃費の悪さ。

「……すぐに霊体化しようか、魔力が死ぬほどもったいない」

「もう少し、ユウマちゃんを堪能したかったのに」

姉《ねえ》さんの体が透ける。

そして、俺を抱きしめる手がすり抜けた。

「不便だね。この体じゃ、抱きしめられないもの」

姉が悲しそうに微笑《ほほえ》む。

「また魔力を溜《た》めてそうすればいい。とにかく、つもる話は後にしようか」

俺は周囲を見渡す。

ようやく天使降臨事件のショックから、教官とクラスメイトたちが蘇《よみがえ》る。

もろに今までの会話が聞かれている。

普段はこんなミスは絶対にしないのだが、あまりにも不意打ちで姉さんと再会できたものので、気が緩んでいた。

教官が真っ先に俺に詰め寄ってくる。

「なっ、なぜ、天使が」

普通聞くよな……。

「自分の意志で神格と肉体を放棄、さらに霊格を下げて無理やり月の聖杯で召喚可能な規格まで落として召喚に応じたみたいです」

「そういうことではない！　なぜ、天使が呼びかけに応えるのだ、なぜ、そんなにも君と親しそうなのだ!?　なぜ、姉さんと呼んでいるのだ!?」

……真面目に答えるのはとても面倒だ。

姉と再会するために魔術で転生し、姉は姉で俺を探すために天使になって、一万二千年越しに再会したなんて言って信じてもらえるわけがない。

というか、信じられた場合のほうがよほど最悪な未来が待っている。

この国すべて、いや世界すべてから俺たちは狙われかねない。

転生も、天使への昇格も、どちらも不老不死という権力者たち最大の夢と呼べる代物を実現してしまっている。

俺を拉致して拷問してでも知識を奪い、独占するため殺すなんて手を取ってくるだろう。

それなりにうまい言い訳をしなければならない。……よし、思いついた。

「姉《ねえ》さん……いや天使様とは何度も夢で会っているんです。俺は孤児で、夢の中で姉さんは本当の姉のように包み込んでくれた。……孤独に震える心が見せた幻だと思っていたのですが、まさかこうして現実に現れるとは。俺も驚いています」

でっちあげだ。

なんかそれっぽければそれでいい。

「うむ、それは神託だろう。ユウマは御子《みこ》だったのだ。天使様はこの地に留《とど》まる楔《くさび》を得るため、御子たるユウマに目をかけていらっしゃったのだ。それなら辻褄《つじつま》はあう。ユウマの常人離れした優秀さはそれ故か」

なんて言って、教官は勝手に脳内補完をしている。

頭のいい人ほど勝手にストーリーを作り出してくれる。

姉さんがいたずらっぽい笑みを浮かべた。やらかす気だ。

姉さんは昔から、いたずら好きで、機転が利く。

……そして、たいていは厄介な方向に事態は転がっていくのだ。

「聞きなさい、人の子らよ。私は天使イノリエル」

ちなみに姉さんの名前はイノリ。

たぶん、エルをつければ天使っぽいネーミングになるとノリでイノリエルとか名乗っている。このあたりの適当さがすごく姉さんっぽい。

付き合いが長い俺にはそういうことがわかるが、俺以外はそうじゃない。

天使イノリエルの言葉を啓示と受け取り、教官と生徒たちが再び平伏する。

そんな中、姉さんが口を開く。

「この世界は狙われている！」

俺以外全員の顔が恐怖に固まる。

好きなアニメのセリフを使っただけだが、彼らにとっては洒落《しゃれ》になっていない。

「私は、やがて来る災厄から世界を救うため、現界に必要な器を探し求めておりました。それこそが、ユウマなのです。ユウマこそ、私の器となり災厄を振り払う救世主」

すがるように見てくる周囲の目がとても痛い。

すごくツッコミを入れたくて仕方がない。

「天使様、どうか、どうか、我らをお救いください」

「私だけで世界を救うことはできません。この首飾りの宝石を見てください。この宝石の数だけしか天使の力を振るうことができないのです……宝石の数はたった六つ。それに対して災厄はあまりにも強大。人の力で抗《あらが》う他ないのです」

その貴重な力を俺にハグするために使ったのは何の冗談だ？

「では、では、我らはどうしたら」

「強くなりなさい……少しでも強く。私もユウマと共に戦いましょう。もう一つお願いがあります。災厄はすでに人間社会に溶け込んでおります。あなたの隣人すら災厄になっているかもしれません。私の器であるユウマを消そうと暗躍するおそれがあります」

ごくりっと誰もが息を呑《の》んだ。

「ですから、私が召喚されたことはこの場にいるものだけの秘密としてください。肉親にすら話すことを禁じます。これは世界を救うために、必要なことなのです」

うまいな。さり気なく口止めまでした。

「かしこまりました。ですが、一つだけお聞かせ願いたい。災厄とはなんなのでしょう？」

「それを答えることはできません。そう、神のルールで縛られているのです。今、言えるのは災厄が迫っていることだけ」

……これ、たぶん姉《ねえ》さんは細かい設定まで考えてないな。

こう言っとけばごまかせるという悪知恵だ。

「というわけで、私のことは上位ハーピィの召喚獣だとお伝えください。あれだって、人間っぽくて、羽が生えているでしょう？」

「ですが、それほどの霊格を持つあなたがハーピィなど、誰が信じましょうか」

「では、これでどうです？」

天使特有の強大な存在感が消えた。

見た目はそのままに上位召喚獣レベルにまで霊格を落としてみせた。いや、正しくは偽装しただけで、霊格そのものは落としてはいない。

「なるほど、それでしたら皆納得するでしょう」

「では私は眠りにつきます。くれぐれもこのことは内密に」

その言葉を最後に、姉さんが俺の体内に潜り込んだ。

もう出てくるつもりはないらしい。

教官が俺の肩に手を置く。

「すまない、ユウマ・レオニール。本来なら、この国全て、いや世界全てで君をバックアップしなければならない。しかし、誰にも天使様のことを言うことはできん。君一人に、過酷な運命を押し付けることになってしまった」

よほど生徒想《おも》いの教官らしく涙を流していた。

生徒たちの同情する目が突き刺さる。

……おい、姉さん、これどうする気だ。やりすぎだ。

そんななか二人の生徒が駆け寄ってくる。

「私は兄さんと一緒に戦います！　ここにいない人の力を借りるわけにはいきません。でも、私なら大丈夫です！」

「僕も同じことを考えていた。僕たち三人で世界を救おう」

歓声と拍手が巻き起こる。

ファルとオスカは十年に一度現れるかどうかという天才。なおかつ当たりの召喚獣を引いた規格外の魔術士。

救世主の資格は十分。

場の熱は一気にヒートアップしていく。

なんだこれ。

もう手に負えない。

覚悟を決めた目で、ファルとオスカが俺を見て手を伸ばしてきた。

オスカの手の上にファルの手が重なる。

……今さら、あれは天使《ねえさん》の冗談なんて、言えない。

もうどうにでもなれ。

「俺と一緒に戦ってくれ。ファル、オスカ」

ファルとオスカの手に俺の手を重ねた。

限界まで暖まった場の熱が爆発した。

俺とファルとオスカを呼ぶコールが響き渡る。

引きつった笑顔で、適当に会釈する。

そうして、召喚の儀は終わった。

姉《ねえ》さんと再会するための糸口を見つけるどころか、ゴールにたどり着いた。

その代わり、カオスな状況になってしまったが、まあ些細《ささい》なことだろう。そう思いたい。

◇

寮に戻り、一人きりになると姉さんを呼び出す。

俺の体から姉さんが現れた。

「やりすぎだ。引っ込みがつかなくなっているじゃないか」

「嘘《うそ》はユウマちゃんの夢に出ていたって部分だけよ。災厄が迫っているし、災厄は人間社会に根を張ってるの。ほら、例えばこの国最大の宗教のファルマ教ってあるわよね？」

「よく知っているな」

「あれの教皇、魔族が化けてる。それぐらいもう周囲は敵だらけなの。信用していいのは、清浄なる月光に満ちたあの塔にいた人ぐらいよ。あそこ、そっちに染まった存在は入っただけで消滅するような場所なの」

「……はいはい」

いったい何を言っているんだか。

だいたい、姉《ねえ》さんはここに来たばかりだ。それも突然、呼び出された形で、この世界を知る時間なんてなかったはずだ。

「とにかく、話そう。姉さん、また会えてうれしいよ」

「私もよ。一万年と二千年分、つもる話もしたかったの」

それ、俺が死んでも終わらないんじゃないか……。

でも、楽しそうだ。

どんな形だろうと、姉さんとまた会えたのはうれしい。

久しぶりに姉弟《きようだい》水入らずで、ゆっくりしよう。

第十六話：天使のまどろみ

あれから、一晩中姉さんと話しこんだ。
もっとゆっくり話したいと思っていたが眠気が勝り、横になる。
今からでも仮眠くらいはできるだろう。
しばらくすると、夢を見始めた。
この夢は俺のじゃない。姉さんの夢……いや、記憶だ。
召喚の儀によって魂が結ばれたからこその現象だろう。
勝手に覗《のぞ》き見《み》するのは気が引けるが、こちらで操作できるようなものでもないようだ。
仕方ないので俺は夢の中の姉さんをゆっくりと眺めることにした。

◇

～イノリの夢～

この施設にいる子たちは、たいてい人間不信だ。

大きな戦争が起こり、多くの国は深い傷を負った。その上、魔界が出現し、魔物なんてふざけたものが溢《あふ》れ出した。

その結果、余裕や優しさ、人権なんて言葉が消えた。

魔力を持った子供たちは七歳になれば強制的に親元から引き離され、施設に入れられる。

そこで待つのは優秀な兵を作るために行われる虐待まがいの訓練。

子供たちも、最初は怒り、反発するが、そんな反骨心も二年もすれば消えてしまう。

道徳教育によってだ。

この荒れ果てた世界で魔力という力を使える優秀な人間は必要。でも、この世界は魔力を持たない人たちが支配している。

ここでの道徳教育というのは、魔力を持つ子たちに自分たちは魔力を持たない者たちのために尽くす存在だと叩《たた》き込む洗脳。

そうすることで、支配者たちは自分より優れた存在を道具として使い潰《つぶ》す。

(でも、たまに私みたいに、そういう教育が効かない子もいるのよね)

自嘲しながら、新入りたちを見る。

一年間、専用の教育機関で徹底的に教育を終えて、初等部に合流した子たち。八歳の子たちで私の一つ下。

(ダメそう)

『旧人類《ばば》たちに喜んでもらうためにがんばる』なんて真顔で言うような、壊れたお人形ばかりで気持ち悪い。同級生たちと一緒だ。

そのくせ、嫉妬深く、攻撃的。

私のように優秀な人間がいると旧人類《ばば》を独り占めするなと、集団でいじめてくる。感情で動いているから理屈が通じないし、加減もしない。

そんな子たちにうんざりして、同類がいないか探したけど空回りのようだ。

……いや、一人だけ人形に混じって人間がいた。

目を見ればわかる。

その子は一人きりだった。私は優秀すぎるから弾《はじ》かれた。でも、この子の場合は魔力《さいのう》がないから仲間外れにされている。

(あの子、私が話しかけてもきっと喜ばないだろうな)

でも、やっと人間を見つけたのだから、引き下がりたくない。たった四年程度の付き合いだろうけど話し相手がほしい。

「ねえ、君。一人みたいね」

声をかけた。

「放っておいてくれ」

「放っておけないの。君が寂しそうだから」

嘘《うそ》だ。寂しいのは私だ。

「あんたは暇なのか」

訝《いぶか》しげに、彼は私を見つめる。

「暇っていうより、おせっかいなの。ねえ、私がお姉《ねえ》ちゃんになってあげようか？」

差し伸べた手は振り払われる。

予想通り。

でも、脈はある。振り払うとき、少しだけ躊躇《ちゅうちょ》していたのだ。

だから、根気良く行こう。

いつか、私の手をこの子は取るだろう。

面白い。いい、暇つぶしになりそうだ。

◇

あれから五年経《た》った。

少年……ユウマちゃんのおかげで、四年間はとても楽しく過ごせた。

でも、一年前から灰色の世界に戻ってしまった。楽しかった日々は戻ってこない。

私はこれからずっと一人だ。

そう思っていた。なのに……。

「一年ぶりかな、姉さん」

今年入学した後輩のなかにユウマちゃんがいた。

「ユウマちゃんが私と同じ中等部にこられたなんて信じられない」

初めて会った日、この子と一緒にいられる時間は長くないと思っていた。

初等部は才能がある子もない子も区別しない。でも、中等部からは成績と実力でどこの施設に行くか決まる。

私は天才だから、当然のように最高ランクの施設に振り分けられた。

でも、ユウマちゃんは凡人で、常識で考えればここに入ってくるのはありえない。

魔力量は中の下。ものすごく頭がいいけど、魔術士としての評価は魔力の大きさがものを言う。

（なんで、ここにいるの？　ぜったい、もう会えないと思っていたのに）

ユウマちゃんと離れ離れになるのが嫌で、わざと成績を落としてランクの低い中等部に配置されるよう細工した。なのに、ここの中等部に配属されると決まったときは荒れた。

もう二度とユウマちゃんに会えないと思って、思いっきり泣いたり、怒ったり、そのあげく暴れて街一つ吹き飛ばしそうになった。

だと言うのに、ユウマちゃんが目の前にいる。私と同じ最高ランク中等部の制服を着て。

「姉《ねえ》さんが寂しがっていると思ったから、ちょっとだけ無理した。……それでもぎりぎりだったけどね」

ちょっとだけ、そんなはずがない。

ウサギと亀なんて童話が旧時代にあった。あれは、逆の見方をすると、どれだけ頑張ろうとも、ウサギが昼寝しない限り勝てないということ。

ウサギと亀ですらそうだけど、ユウマちゃんが亀だとすると競争相手たちは車とかで、私はジェット機。それも一切手抜きをしない。それぐらい差がある。

血の滲《にじ》む努力程度でどうにかなる次元じゃない。いったいどれだけの犠牲を払えば、凡人が天才《わたし》たちと肩を並べられるのだろう？

目から涙が溢《あふ》れてきたのを拭い、微笑《ほほえ》む。

「もう、甘えん坊だね。お姉ちゃんと一緒にいたいからって……むちゃして」

ユウマちゃんが顔をそらす。

照れて、話題を変えるときの仕草だ。

「……久しぶりに、模擬戦をしてもらえないか？　この一年でどれだけ姉さんとの距離が縮まったか見てみたい」

「いいよ。ユウマちゃんの力を見てあげる」

私の知っているユウマちゃんは、間違ってもここに来られるような実力じゃない。

どう成長したのかは気になっていたところだ。

◇

模擬戦が終わる。

一年ぶりの弟は別人のように強くなっていた。

魔力量はまったく変わらないが、力の使い方がうまくなっている。

わずかな力を最大効率で運用しているし、使い所がうまい。

すべての行動に意味をもたせた、考えに考え抜いた戦い方。

模擬戦は何度もやってきた。ここに入学が許されるぐらいの天才たちを相手に。

その誰よりもユウマちゃんは手強《てごわ》く感じた。

「はいっ、おしまい。まだまだね」

「やっぱり、姉さんは強いな」

「お姉ちゃんだからね」

「理由になってない」

ユウマちゃんは悔しそうな顔をして、大の字になる。

私の圧勝だった。だけど、私の胸は敗北感でいっぱいだ。

私はこんなふうに戦えない。

ただ、持っている力を振り回しているだけ。

あんなに緻密で、あんなに綺麗《きれい》で、あんなに知性的な戦いはできない。

……魔力量は生まれもったもの。鍛えたってどうにもならない。

でも、技術は、戦術は、知識は無限。

そんな無限をユウマちゃんは積み重ねて、ここまで来た。

このままじゃ、いつかユウマちゃんに追いつかれる。

それはそれで悪くないけど、お姉《ねえ》ちゃんの沽券《こけん》に関わる。

それにユウマちゃんの戦いに憧れた、私もあんなふうに戦いたい。

「ありがとね。ユウマちゃんが追いついてくれて、すっごくうれしい。大変だったでしょ」

「大変だったけど、姉さんを放っておけなかった。俺と別れるとき、あれだけ暴れるのを見るとな」

「ああ、それは言っちゃ駄目。黒歴史なんだから。もう、私のため、私のため、ってユウマちゃん自身はどうなの」

「そんなの決まってるだろ。じゃなきゃ……。すまない、忘れてくれ」

忘れられるわけがない。

私はブラコンの気が少しある。こんな美味《おい》しいシチュエーション、見逃すものか。

「ふむふむ、今のセリフを補完すると『じゃなきゃここまで頑張れない。姉さんと会いたいからここまでやれたんだ』って感じよね？」

ユウマちゃんが真っ赤な顔でそっぽを向いた。正解のようだ。

この弟は意外と可愛《かわい》いところがある。

私はしゃがんで、ユウマちゃんの頭を撫《な》でてあげる。

「いっ、いきなり何をするんだ⁉」

「ユウマちゃんが追いかけてきてくれて、本当に嬉《うれ》しかったからその御礼」

「……俺が好きでしたことだ」

「それでもありがと。それとね、次も期待していいかな？」

ここを卒業したあとのことだ。

この次はもう教育施設じゃなく、実戦に駆り出される。能力に応じて、配属先の機関が決まる。完全なる能力主義。私が行くところは、もちろん最上級の魔術士が集う場所。

一握りの天才たちが競い合い、そのさらに一握りだけがそこへ行ける。

そこへ行けと凡人であるユウマちゃんに言うのは、無茶《むちゃ》だし、無責任だし、ユウマちゃんの命を危険に晒《さら》すことになる。それでも、言わずにはいられなかった。

「ああ、期待してくれ。ずっと一緒だ。俺は姉さんの背中を追い続ける」

その言葉を聞いたときどうしようもなく胸が高鳴った。

それから、私も今のままじゃいられないと思った。

今のままの私じゃ、ユウマちゃんに追いかけられるに値しない。

今まで努力をしたことがなかった。才能だけでトップにいられた。

だけど、綺麗《きれい》だと憧れたユウマちゃんの魔術、ああいうのが使えるぐらい頑張ってみようと決めた。ユウマちゃんが目指すに値する私であり続けるために。

「約束よ。誓いの証《あかし》をあげる」

私はユウマちゃんの上に覆いかぶさり、頬にキスをした。

真っ赤になったユウマちゃんがとても可愛《かわい》い。

これ、普通男女が逆だと思うけど、姉と弟なら、こういうのもありかな。

「大好き。ユウマちゃん」

私は笑う。

すると、ユウマちゃんも微笑《ほほえ》み返した。

私は決める。もし、本当にここを卒業したあとも追いついてくれたなら、次はもっとすごいプレゼントをあげよう。

でも、それを口にはしない。私はお姉《ねえ》ちゃんだけど、さすがにそれは恥ずかしい。

◇

朝が来て目を開くと、半透明な姉さんが宙に浮き、頬を膨らませながら見下ろしていた。

「み～た～な～」

「それ、本物の幽霊みたいなんだけど」

「ひどい！　あんなの見られたら、私お嫁に行けない！」

「……天使になって、嫁もなにもないいんじゃないかな」

姉さんの夢を見たことがしっかりとバレていたようだ。

それとお嫁に行けないってセリフ、ファルからも聞いたような気がする。流行《はや》っているのかな？

「にしても、姉さんはあんなこと考えていたんだ。驚いた」

「あんなことってどんなこと？」

「俺に話しかけたの、人間が俺だけしかいないとか」

「うっ……あのときは荒《すさ》んでいたからしょうがないの」

「でも、俺には優しかったよ。だから、手を取った」

何度も俺は手を振り払った。

それでも姉さんは優しさと共に手を差し伸べてくれて、俺は根負けして……いや、この人と一緒にいたいと思って手を取った。

「あの頃のユウマちゃんは可愛《かわい》くて放っておけなかったの！　なのに、こんなにひねくれちゃって、お姉《ねえ》ちゃんは悲しいよ」

さらに頬が膨らんで、まるで餅のようだ。

そんな姉さんを見ているのは悪くないけど、そろそろ時間だ。

俺はベッドから起き上がる。

「姉さん、今から着替えるんだ」

「うんうん」

「着替えるんだ」

「うんうん」

「……出ていくか、俺のなかに入ってくれないか」

「断るよ。こっちのユウマちゃんの体に興味あるの。こっちでもユウマちゃんが美形でお姉ちゃんうれしくてね。ちゃんと、すみずみまで見ておきたいの。姉として！」

「【命令行使】」

俺は召喚の儀で得た力で、姉さんに命令をする。

「あっ、それずるい。こうなったら、首飾りの魔力を使って抵抗して……」

「それやるとしばらく口を利かないからな」

首飾りの魔力が切り札だって自覚があるのだろうか？

「ユウマちゃんがグレた！」

姉が俺の中に消えていく。

完全に消える前に、少し照れた表情で姉《ねえ》さんが口を開く。

「えっと、お礼を言っときたいの。ありがと。中等部のときも、機関のときも、追いかけてくれたけど。死んだあとも追いかけてくれるなんて思ってなかった。本当に本当に、うれしいの。ユウマちゃん、大好きよ」

それを言うと、よほど恥ずかしかったのか凄《すさ》まじいスピードで消えた。

不意打ちがすぎる。表情が緩んでしまう。……とてもうれしいし、照れくさい。姉さんも同じ気持ちなのだろう。

とにかく着替えよう。遅刻しかねない。

にしても、俺の知らない姉さんが見られて良かった。

だが、待てよ。逆に俺の夢が姉さんに見られるかもしれない。

……対策が必要だな。それも早急に。

俺も男だ。姉さんに見られたくない記憶や想《おも》いの一つや二つはあるのだ。

第十七話：召喚獣の力

試験でも使ったコロシアムに移動する。

ここはああいったイベントも行うが、平時はリングを撤去して訓練場として使う。

観客席には安全に鑑賞できるよう結界が張られており、派手に暴れても周囲に被害が出ないため、思いっきり暴れられるのだ。

今日の授業は召喚獣の能力を使い、把握すること。

そのため、観客席は七割ほど埋まっている。試験の日と同じく一般開放されていた。

それだけ召喚獣と英雄教室の面々はみなの関心を集めている。

隣を歩くファルの表情が硬い。

「そう硬くなるな。がんばるのはおまえじゃなくて、召喚獣のほうだ」

「そっ、そうでした。今日はよろしくお願いしますね、ルシエちゃん」

「やー。ルシエにお任せなの」

霊体の子ぎつねが宙返りすると、十三歳ぐらいの美少女になる。

生意気そうだが、可愛《かわい》らしい。

「高位の存在すぎて、うまくやれるか心配していたけど、大丈夫なようだ」

「ルシエちゃんは、いい子ですよ」

「そうなの。ファルはちゃんと自分の立場というものをわかっているの。あと魔力《ごはん》たくさんでうれしいの」

ルシエを霊視する。

かなり魔力を溜《た》め込んでいる。霊体となった召喚獣たちは自分で魔力を生み出すことはできないが、外から供給された魔力を溜め込んでおくことはできる。

それもまた召喚獣を従えるメリット。魔術士が限界容量以上の魔力で戦える。

だから俺たち召喚術士は、暇さえあれば魔力を召喚獣に注ぐのだ。

「兄さんのほうはどうですか？」

「ああ、こっちもかなり溜め込ませているよ」

一人のときは、それなりに無茶《むちゃ》ができる。

魔族の血によって増えた魔力も惜しみなく使える。

とはいえ、天使は燃費が悪すぎて焼け石に水だ。

姉《ねえ》さんが実体化して戦うには首飾りの魔力を使うしかないだろう。

その姉さんが、まじまじとファルの顔を見てから、俺のほうを向く。

「いつの間に妹なんて出来たの？」

「まだ、話してなかったか。昨日、俺は施設の出身だと話しただろう。そのときに、ファルと出会って、放っておけなくてな」

「……ふうん、お姉ちゃんはそういうの、ちゃんと相談してほしかったよ」

「いや、無理だろ」

それができるだけの力と技術があれば、俺は召喚の儀になんて頼ることなくとっくに姉さんと再会できていただろう。

「あ、あの、天使様、ごめんなさい」

ファルが申し訳無さそうにしている。

「天使様じゃなくて、名前で呼んで」

「かしこまりました。イノリエル様」

「うっ、イノリエルはやめて。イノリでいいよ。いえ、イノリがいいの」

ノリで付けた天使っぽい名前をシラフに戻ってから聞かされて、姉さんが照れている。

自業自得だ。

「では、イノリさんって呼ばせてもらいますね」

「じゃあ、私はファルちゃんって呼ぶよ。それから、別にファルちゃんがユウマちゃんの妹になったことを怒ってるわけじゃなくて、お姉ちゃんに内緒で勝手にそういうこと決めたのが寂しいなって思ってるだけだからね」

「安心しました。兄さんの妹をやめろって言われたらどうしようかと」

ファルが安堵《あんど》の息を吐《つ》いた。

ファルが『どうしようかと』と言っていたとき、ちらりと横目で天狐《てんこ》のルシエを見ていたことが気になるが……深くは考えないでおこう。

それから、二人は雑談で盛り上がる。

あっという間に、今度姉《ねえ》さんがファルの部屋に遊びに行き、お互いが知らない時間の俺について情報交換するとか言い出した。

なんだかんだ、この二人は相性がいいようだ。姉さんは、生まれながらの姉タイプで、ファルは生まれながらの妹タイプだから、それも納得だ。

ただ、一つ意外なことがある。

姉さんに念話で話しかける。

『姉さんなら、お姉ちゃんって呼んでと言うと思ったけど』

『うーん、たしかにユウマちゃんの妹は私の妹でもあるんだけど、あんまりこっちの人に感情移入すると後が辛《つら》いもの。お友達以上の関係は嫌よ』

まるでそれは、別れが見えているかのような会話だ。

そのあとは、教官から召集がかかり授業が始まる。

一人ひとり、召喚獣に魔力を通し、その固有の力を披露し合うというもの。

召喚獣が力を振るうたびに、客席が沸く。

トップバッターは、カーバンクルを従えた生徒。

教官が本気で、攻撃魔術を練り上げていく。

魔術学園の教師陣はその誰もが、現役の優秀な魔導騎士であり、教官は兼務。

そして、このクラスを任せられる教官は、その中でもっとも優れているもの。

教官が全力で放つ魔術は、学生ごときに防げるものじゃない。

炎と土の複合魔術。土魔術で作り上げた硬質な槍《やり》を、炎の爆発で射出する。

器用だ。二属性の複合魔術は難易度が跳ね上がるのに完璧にこなしている。

槍は音速を軽く超え、その威力は銃どころか大砲にも匹敵する。

学生が、霊体状態のカーバンクルに魔力を通す。

すると、即座にカーバンクルの能力が発動した。

額の宝石が輝く、その宝石と同じく紅《あか》い透き通る格子状の結界が前方に展開された。

『たったあれぽっちの魔力で、あれだけの魔術を防ぐか。どんな効率だ』

『すごいね。しかも見てから発動して間に合う展開速度。個人戦だとほぼ無敵。チームとして戦うときも最高の盾役になれる。カーバンクルは霊格が低いけど、とても便利な能力。ポテンシャルが高いよ』

そして、カーバンクルにはもう一つの能力があるらしくそちらも披露した。

それは額の宝石から放たれるレーザー。教官が持っていた剣をたやすく貫《つらぬ》いた。

あれもやばい。

魔力を通すだけで、光速かつ貫通力がある攻撃は反則だ。

唯一の弱点は、光であるがゆえに距離があるほど威力が減衰すること。

召喚獣の価値は霊格だけでなく、もっている特殊能力にも依存する。

霊格が低くても優秀な召喚獣も多い。カーバンクルはその最たる例だろう。

他のクラスメイトたちも次々と召喚獣の能力を披露していく。

なかなか使える能力ばかり。

中でもオスカのシルフ、ファルの天狐《てんこ》、その二種はやっぱり別格。

それぞれ、風と炎の完全広域支配。

半径数百メートル内に存在する自然界のマナを思いのままに操れる。

自然界の力を扱えるがゆえに、消費魔力の何倍もの威力を持つ魔術が使える。

それこそ災害のような力さえ行使が可能。

オスカは竜巻を引き起こし、ファルは地中からマグマを噴出させて見せた。

「すごかったよ。ファル」

俺が褒《ほ》めると、ファルは苦笑いして、それから俺の耳元でささやく。

「実は、あれでも本気じゃないんです。別の能力が本命で、炎はおまけ。ルシエちゃんが、こんな場で手札を全部晒《さら》すのは馬鹿のすることって言うので出し惜しみしました」

「それがいい」

　こうして能力を披露するのは、俺たちが軍人の卵だと見られているからだ。

　軍人の基本は連携。他人と連携するためには自らの手札をすべて晒さないとならない。そうしなければ、指揮を執るものは作戦を練れない。

　だが、一人の魔術士として考えれば、己の手札をすべて晒すのは自殺行為に等しい。

　魔術士の戦いは情報戦でもあるのだから。

　次は俺の番。

「私、前世で使えた魔術は無詠唱で全部再現できるよ。どれ見せる？」

「ちょっと待て。どういうことだ」

「汎用魔術こそが人間の強み。天使は人間の延長線上にある到達点よ。だから、汎用魔術を特化型魔術みたいなノリで無詠唱・超効率で使えるの。残念ながら汎用魔術は天使になるまでに身に着けた魔術しか使えないけどね。ふふん、お姉《ねえ》ちゃんはすごいでしょ」

「……姉さんとの距離がまた開いたな」

　悔しいな。俺は姉さんを追いかけ続けてきた。だけど、俺は姉さんについていくだけで満足などする気はなく、追い抜きたかった。

　レオニール伯爵と共に作り出した、魔族の血を使った魔力増幅法、それに俺の技術と知識が合わされば姉さんを追い越すことすらできる……そう思っていたのに、姉さんはさらに先へと進んでいるとは。

　だけど、落ち込んではいない。

　俺がすることは常に一つ。更に先へと進むだけだ。

「ふふん、お姉《ねえ》ちゃんに追いつけるなんて思わないことね。それで、どんな力があるように見せるの？」

「あえて聞こうか、姉さんはわざわざ、汎用魔術は生前のものしか使えないと言ったな？　つまり、汎用魔術以外に使える手札があるのか」

「……正解。天使になってから目覚めた力もあるの。でも、ここではだめ。なにせ、一発で天使だってばれる類《たぐい》のものだからね。せっかく口止めした意味がなくなっちゃう」

　それならば、ハーピィらしい技にするとしよう。

　姉さんが得意にしていたあれがいい。

◇

　俺に注目が集まる。

　教官が観客向けに、俺の召喚獣がハーピィだとアナウンスする。

　姉さんが笑顔で手を振って愛想を振りまいた。

霊格を下げて、天使としての存在感は失っているとはいえ、姉さんは超がつくほどの美人だ。たったこれだけで、何人もの男を骨抜きにする。

俺は苦笑しつつ、姉さんに魔力を注ぐ。

姉さんと魔力パスが繋《つな》がり、姉さんが色っぽい声を出す。

そして、姉さんの力が発現。俺は空を舞う。

飛行の魔術。ただ単に空を飛ぶだけなら、さほど難しくない。

だが、空中を自由自在に飛行するとなると、一部の超天才を除いて不可能だ。

「一緒に飛ぶの気持ちいいね」

「そうだな」

観客たちは拍手する。

ファルや、オスカが召喚獣を披露したときに比べると反応がよくない。

(まあ、そんなもんだろうな)

確かに人間には極めて難しい魔術だが、他と比べると派手さがない。

だからこそ、満点だ。

目立たないようにすると決めていた。

俺は着地をする。

これで、今日の授業は終了。

姉《ねえ》さんが観客席の一点を見ていた……いや、見るというより睨《にら》んでいた。

向こうもこちらを睨んでいる。

そこに居たのは有名人、フライハルト侯爵。

全身が筋肉の鎧《よろい》に包まれ、顔を含めて体中に傷跡が残っている。その背後には召喚獣を従えていた。

この国で最後に行われた戦争の英雄。

そして、彼が倒した魔族の血が俺とファルの中に宿っている。

この国で最強の魔術士は誰かという話題で真っ先に挙がる人物だ。

「なにか、気になるのか」

「ううん、なんでもないの。ほら、いこっ」

釈然としないものを感じながらも、俺はフライハルト侯爵に背を向けた。

とてつもなく嫌な予感がする。

そして、あの視線、どこかで感じたことがある。……思い出した。

入学試験のときに感じた視線と殺気、あれと同じだ。

なぜ、かの英雄が俺に殺気を？

レオニール伯爵家の権限を使って、彼のことを調べてみよう。火種になりかねない。

第十八話：姉と妹とデートと

今日は週に一度の休日で街に出ていた。

ファルと二人……ではなく、姉さんも一緒だ。

霊体状態でぷかぷかと浮いている姉さんは、霊格が高すぎて霊視せずとも視認できる。

そのため、注目の的になっているが、本人はそれを気にしている様子もない。

天狐《てんこ》のルシエはファルの中で眠っているらしい。

「今日はご馳走《ちそう》を作りますね。久しぶりのお料理です！」

ファルが気合を入れていた。

平日は食堂があるため、料理を作る機会がなく寂しそうにしていた。

この子は料理が趣味で、彼女の作るものはとても美味《おい》しい。

とくにババロアは絶品だ。

ババロア伯爵こと、父さんにせがまれて何度も作らされてきたし、父さんはババロアにはこだわりがありとても煩《うるさ》い。

その無茶《むちゃ》振りを乗り越え、菓子作りの腕前は本職以上になっている。

「王都の市場には、いい食材がたくさんあるらしい」

「腕がなります」

「へえ、ファルちゃんは料理ができるのね」

「かなりの腕前だ」

「そんな、照れてしまいます」

「ユウマちゃんがそう言うってことは相当だよね。私も久々に料理を作ってあげたいけど……」

姉《ねえ》さんはそう言いながら、首飾りの宝石に手を伸ばす。

残り六つしかない、天使の力を使うための切り札。

「そんなことのために、切り札を使うのは止《や》めてくれ」

「姉の沽券《こけん》に関わることだから……」

冗談か、本気かわからないのが怖い。

ファルがおずおずと手を挙げる。

「あの、私がイノリさんの指示にしたがって料理を作るってどうですか？」

「あっ、それいい考え。これで、ユウマちゃんの大好物作ってあげられるよ」

「気持ちはうれしいが、いいのか？」

ファルがにっこり笑う。

「はいっ。兄さんの大好物を食べさせてあげられるなら喜んで手伝いますし、レシピを覚えて作れるようになりたいんです」

「私を利用して、ユウマちゃんの胃袋を掴《つか》もうなんて。ファルちゃん、恐ろしい子」

姉さんが戦慄していた。

ファルはこう見えて、抜け目がなく頭がいい子だ。

◇

食材の他にも生活必需品を買《か》い漁《あさ》っていく。

ファルはお洒落《しやれ》よりも、機能性を重視するタイプなので大きなリュックを背負っており、パンパンに膨らんでいた。

見た目は麗しい貴族令嬢なため、ギャップがすごい。

「私たち以外にも、街に出ている学生が多いですね」

「休日ぐらい、街に出たいんだろう」

よくよく見ると、カルグランデ魔術学園の生徒たちが多い。この世界にはクリーニング屋というものが存在する。

自分で家事ができないものは、休日に一週間分の服をまとめて預けたりしているようだ。

視線をファルと姉さんに向けると、ひどく会話が弾んでいる。

この前も、姉《ねえ》さんはふらふらとファルの部屋に行き、夜遅くまで戻ってこなかった。

こっちでの俺の生活を根掘り葉掘り聞くのが目的だったらしいが、ファルと話すこと自体を楽しんでいるように見える。

「あっ、おすすめしてもらったの、このお店です。では、兄さん、イノリさん、約束の時間に喫茶店で」

ファルと一度別れる。

姉さんは俺のほうに付いてきた。

「どうして、わざわざ別れたの？」

「下着を買いに行くらしいからな。ファルだって自分がつける下着を見られたくないだろうしな」

どうやら、胸が大きくなって今の下着では苦しくなったようだ。そのことを本人は口にしていないが、仕草でわかる。

「どうせなら、選んであげればいいのに。ファルちゃんだって、ユウマちゃんが喜ぶ下着がほしいと思うよ」

もし、この場にファルがいたら、真っ赤になっていたに違いない。

「そんな関係じゃないさ。ファルは妹だよ」

「ふーん、ただの妹だって思っているのね。でも、ファルちゃんはそうじゃないかも」

「そんなことはないさ。もう十年近く、こうしてきたんだから」

たしかにファルに女性を感じることがときどきある。

でも、そういう相手とは思えない。

「もったいない。お似合いなのに」

「ファルとくっつけたいようだが、何が狙いだ？」

「……いい子だったからよ。お姉ちゃん、ユウマちゃんが妹にした子を見定めてやるぞ！　って気合を入れて、ファルちゃんとたくさんお話したの。本当にいい子で、あの子になら、大事なユウマちゃんを任せられるって思ったのよ」

少し胸がざわつく。

何か重くて冷たい感情が胸の中に生まれた。

「任せるってなんだ」

「私もう、こんなのだからね」

姉さんが俺の頬に手を当てようとして、その手はすり抜けていく。

「ちゃんとユウマちゃんを抱きしめてあげられる子がユウマちゃんには必要なの」

姉さんが笑う。

その表情はどこか悲しげだった。

「とにかく、ファルは妹だ。焚《た》きつけるのはやめろ……それから、任せるとか、そういうの

まう気がしたからだ。

は言わないでくれ。寂しいじゃないか」

言葉にして理解した。

俺がさっき、胸がざわついたのは任せると言ったとき、姉《ねえ》さんがとても遠くに行ってしまう気がしたからだ。

まるで、自分が消えてしまうのが前提のような、そんな感じがした。

「もう、ユウマちゃんは甘えん坊ね。お姉ちゃんが面倒見てあげないとだめなんだから」

さきほどの悲しげな笑顔とは違う、見慣れた姉さんの笑顔。

そして、いつものように姉さんは抱きつこうとして、途中でやめた。

「あはは、ついやっちゃったよ。触れないってやっぱり、もどかしいね」

せっかく、いつもの笑顔に戻ってくれたのに、苦笑いに変わってしまった。

そんな姉さんを見ているのが辛《つら》い。

だから、行動する。

問題があるなら解決すればいい。

諦めるという行為が大嫌いだ。死んでも姉さんに会うため転生した。別の世界に転生したと知れば世界を渡ろうとした。それすら駄目でも最後にあがいて姉さんに声を届けた。

姉さんが俺に触れられないことを悲しんでいる。そして俺自身がまた姉さんに触れたいと願っている。ならば……。

「触れないから、そんな体だから、俺に遠慮しているなら、俺がなんとかしてみせる。時間はかかるかもしれない。でも、絶対にやり遂げる」

姉さんが目を丸くした。

それから、大きく頷《うなず》く。

「うん、信じてる。ユウマちゃんなら、なんだってやれちゃいそう」

「期待して待っていてくれ」

早速、今日から研究だ。

姉さんに会うために必死に研究してきた。その時間をこっちにあてがうとしよう。

「触れるようになったら、まずユウマちゃんをぎゅっと抱きしめて。それから、ふふっ。ご褒美にユウマちゃんの好きにさせてあげるよ。お姉ちゃんを触り放題」

「なっ、なにを」

「ああ、顔が赤くなってる。エッチなことを考えてるよ。ユウマちゃんのスケベ」

いきなりそんなことを言われたら、少しぐらい変な想像をしてしまうのは仕方ないじゃないか。

姉さんは美人だし、俺にとってはずっと憧れの人なのだから。

ただ、やられっぱなしは趣味じゃない。

「……よし、わかった。遠慮はしない。お言葉に甘えて触れるようになったら、思いっきり触ってやる」

「あっ、あの、ユウマちゃん、ちょっと顔が怖いよ。好きにとは言ったけど、ほどほど、ほどほどが大事よ」

俺はわりと根に持つタイプで、有言実行するタイプ。

ずっと前から思っていた。姉《ねえ》さんにはどこかでお灸《きゅう》をすえないといけない。

俄然《がぜん》やる気がわいてきた。魔導教授の名にかけて、姉さんと触れ合えるようにしてみせよう。

◇

その日は昼食を外で済ませて、夕食は買い込んだ食材を使い、ファルと姉さんが料理を作ってくれた。

姉さんがファルに指示を出す姿を見てると、二人が姉妹のように見えて、微笑《ほほえ》ましい。

ファルの手料理と一緒に懐かしいメニューが並ぶ。

「なんとか、できました。あの、こんな感じで良かったですか?」

「うん、ばっちり。ファルちゃんはいいお嫁さんになれるよ」

「ありがとうございます」

ファルがちらっと俺を横目で見てくる。

よくわからないが、頷《うなず》いておく。

姉さんがにやりと笑った。

「うまそうだ。こっちで豚汁なんて食べられるとは思ってなかったよ」

「こっちにも味噌《みそ》があったから作ったの。こういう渋いの好きだったよね」

「よく、そんな昔のことを覚えているな」

俺にとっては十四年ぶりだが、姉さんにとっては一万二千年ぶり。よく、好きな食べ物なんて覚えていたものだ。

「ユウマちゃんのことは何一つ忘れてないの。愛の力よ」

「それ言ってて恥ずかしくないか」

「ぜんぜん。お姉ちゃんの愛情は海より深いの。それより、冷めちゃう前に食べて」

湯気が立つ豚汁をすする。

豚の旨味がしっかりと溶け込んでいてうまい。

使っている味噌が、前世で慣れ親しんだ大豆から作られたものじゃなくて、市場にあったコーンで作った味噌だからか風味が違う。でも、これは姉さんの味だ。

「美味《おい》しい。ほっとする味だ」

「良かった。自分じゃ味見できないからちょっと自信がなかったの。ファルちゃんも食べて」

「では、いただきます……あっ、美味《おい》しいです。これが兄さんの好物。私も好きになりました。また、作りますね」

ファルも気に入ってくれて何よりだ。

それから、食事を楽しんだ。

ファルは姉《ねえ》さんに他にも料理を教えてと請い姉さんは快く、また一緒に料理をしようと返事をする。

美味しくて、懐かしい、いい夕食だった。

ただ、ファルが俺の口元を拭ったとき、姉さんは例の悲しげな顔をした。

それを見て、改めて姉さんと触れ合えるようにしなければと俺は決意したのだ。

第十九話：魔術学園の課外実習

ここ数日、教室が騒がしかった。

その理由は先週に教官が放った一言。

「来週、魔界で魔物狩りを行う。四人一組の小隊を組んでもらいたい」

軍人の卵である俺たちは単独行動を取ることはありえない。

理由は明白で、単独行動は極めて危険だからだ。

単独で動けば各個撃破されるのが目に見えている。

だからこそ、最小単位である小隊での行動が前提となる。

小隊長が一人に、配下が三人の四人編成。

冒険者の場合は小隊ではなくパーティと呼ぶが、魔界に向かう際はこうして四人前後で行くのが一般的だ。

（初めての魔界ってことでみんな緊張も期待もするが、それ以上に誰と小隊を組むか気にしているようだな）

小隊を組むにあたり、性格的な相性もあるため、教官は生徒の自主性に任せると言った。

そうなれば、優秀な人物の取り合いが起こる。

小隊に優秀な奴《やつ》がいれば、隊全体の生存率が上がるし、成果もあげられる。

卒業時の成績が将来にかかわる学園では、みんないい成績を取るために必死だ。

そして、その小隊決めの〆切が今日だ。

「それで、最後の一人をどうする？」

「私は兄さんの判断に任せます」

オスカとファルが問いかけてくる。

真っ先に、みんながパーティに引き入れたい俺たちが同じ小隊になった。

天使降臨事件で、二人は俺と共に戦うと公言しているので、自然ではある。

そして、クラス中が俺たちのパーティ、最後の一人に誰が入るか興味津々で、そのほとんどが毎日熱心に俺たちにアピールしてきた。

この三人と一緒のパーティなら、確実に成果もあげられる上、俺には天使がついている。英雄にすらなれると考えている者もいた。

「実はもう決めてある」

「へえ、当ててみようか。カーバンクルを召喚した子だろ？　術者の腕は並以下だけど、カーバンクルの能力は有効だからね」

「候補ではあったけど違うな」

超効率の強力な結界に、光速のレーザーは魅力的だ。

だけど、俺が選ぶのは彼じゃない。もっといい才能がいる。

俺は席を立ち上がり、目的の人物のところへと足を運ぶ。

「キラル、俺たちと一緒に組まないか？」

凛《りん》とした少女は、目を見開いた。

「私でいいのかしら？」

「ああ、君の才能がほしい」

キラル・ネトグリフ。

騎士の家に生まれただけあって、その剣技はクラスでもトップクラス。

魔力量は多く、魔力を使った身体能力強化魔術は他の追随を許さない。

……しかし、それ以外一切魔術が使えないため、成績は下位に甘んじている。

また、召喚獣は全身鎧《よろい》を纏《まと》う騎士、その能力は術者に鎧を纏わせるものでひどく地味に見える。

だが、俺は入学試験のときから彼女のことを高く評価していたし、あの召喚獣を引いたとき、さらに評価をあげた。

キラルが返事をしようとしたが、乱入者によって遮られた。

「おいっ、ユウマ。そんな落ちこぼれじゃなくて、俺と組もうぜ、なっ」

クラスメイトの一人だ。

何度か、自身を小隊に入れないかとアピールしてきたのを覚えている。

「いや、君は必要ない」

「俺のタイタンは」

「その能力は理解している。その上で、必要ないと言ったんだ」

彼は気色ばんで、それからふてくされた。

「……おまえ見る目ねえよ。俺より、そんな落ちこぼれを選ぶなんてな」

クラスメイトが去り際に捨《す》て台詞《ぜりふ》を吐いていく。

あいにく、俺は何よりも見る目とやらには自信がある。その目がキラルのことを必要だと判断した。

「邪魔が入ってすまなかった。改めて返事をくれ」

「私に声をかけるのは同情じゃないわよね？」

「そんなことはしない。必要だから声をかけただけだ」

キラルは顋に手を当てて考え……それから、こくりと頷《うなず》いた。

◇

その翌日、俺たちは魔界に訪れていた。

世界の中心にある黒い壁で囲まれた異世界。

広大で中心部に近づくほど強力な魔物が出現していく。

今回の授業では、外壁に近いところで、教官たちというお守りつき。

しかも、驚いたことに最強の魔術騎士、フライハルト侯爵が随伴する。

かの英雄と共に過ごせるとクラスメイトの多くは興奮し、フライハルト侯爵にさかんに話しかけている。

（フライハルト侯爵、警戒しないとな）

入学試験で、殺気を放ったのが彼である可能性が高く、召喚獣を披露した場でも剣呑《けんのん》な視線を向けてきた。

それだけでなく、俺を流れる魔族の血、その持ち主であるエルフラムを殺したのは彼だが、エルフラムは仲間に裏切られたせいで殺されたと言っていたのも気になる。

だからこそレオニール伯爵家の権限を使い、さまざまな調査をしてきたのだが、いろいろときな臭いものが見えていた。

彼の二つ名は、仇討《あだう》ちの英雄……彼はよく魔族によって引き起こされた悲劇に巻き込まれ、悲劇を防ぐことはできないが、その元凶を討ち取る。

犠牲者は英雄候補と呼ばれるほど将来を期待された若者ばかり。その仇《かたき》を取ることで、信頼され、称賛されているが、俺はそこに黒い何かがあると思っている。

もし、これが偶然でないとしたら？　そして、俺は英雄候補。油断はできない。

とはいえ、彼の警戒ばかりするわけにはいかない。しっかり初めての魔界探索も行わないといけない。仲間たちに視線を向けると、ファルが話しかけてきた。

「ここは怖いです。空気が重くて冷たい」

「敵地だから当然だ」

世界を喰《く》らい尽くす災害の腹の中。怖くないはずがない。

周囲を見渡すと、荒野だった。

土と岩しかなく、木々も水も見当たらない。

そんな中、教官たちが魔力を放出した。

魔物は人を喰らう。中でも魔力を持った人間が大好物。

こうして、魔力を放つと匂いに釣られて、魔物たちがやってくるという寸法だ。

……来た。

「あれ、なんですか、あんな」

「凄《すさ》まじい数だ。教官たちは撒《ま》き餌《え》以外にもなにかしたな」

魔物の群れが殺到してくる。

初心者相手なのに容赦がない。

風を使った探索魔術を使う。風と意識をリンクし、映像情報を整理する。

二種の魔物からなる群れで、数は二百三十四。

一種目は狼《おおかみ》型の魔物。顔が体の三分の一以上を占めて、牙が異常発達している。ビッグフェイス・ウルフ。

二種目は二足歩行の巨大なハイエナ。ローテン・ハイエナ。手には原始的なイシオノを持っている。

個人でこんなシチュエーションに遭遇したら終わりだ。

どううまく立ち回ってもいずれ囲まれてなぶり殺される。小隊の最小単位が四人なのは背中合わせにすれば、四方向すべてをカバーでき死角を潰《つぶ》せるからでもある。

教官たちが、各小隊長の指示で動けと叫んだ。

俺の隊は俺が小隊長のため、指揮を執らねばならない。

「お姉《ねえ》ちゃんの力を使う？」

「いや、俺の力で乗り切る。ファル、天狐《てんこ》の爆撃魔術を俺が指定するポイントへ放て！」

「はいっ、任せてください」

「ルシエのお仕事なの！」

さきほどから、どの班も遠距離広範囲攻撃を持つ召喚獣たちの攻撃を行っている。距離をつめられる前に数を減らすためだ。

ただ、いろいろと雑だ。

なんとなく一番近い魔物にぶち込んでいるだけで効率が悪い。

このままでは、半分も減らせずに、俺たちは魔物の群れに呑《の》み込まれる。

だからこそ、ここでするべきは魔物の殲滅《せんめつ》以上に、他のクラスメイトのフォローと判断。

風の探索魔術で戦場を俯瞰《ふかん》する。

その上で、もっとも効果的に魔物を減らせるポイントをファルに指示して、爆撃させる。

天狐《てんこ》の炎は圧倒的な攻撃力を持つが、正しく使うには、優れた目と頭が必要になるのだ。

(やはり、規格外だな。ファルも天狐も)

ファルは圧倒的だった。

いくら天狐に魔術の発動を任せているとはいえ、その動力源はファル自身。

ファル以外に、この威力で爆撃魔術を使えるものはいない。

凄《すさ》まじいのは威力だけでなく、精度もだ。

俺の指示したポイントに誤差三メートル以内でぶち込んでいる。

これなら、やつらがここへ来るまでに二割以下には減らせるだろう。

(こうして実戦で使うと召喚獣の反則っぷりが理解できる)

あれだけの遠距離広範囲魔術を使おうとするなら、一流の魔術士でも一分は詠唱に必要。

一分あれば、狼《おおかみ》の速さなら一キロは走れてしまう。

詠唱が終わる前に、喉を掻《か》き切られるのがオチだろう。

しかし、召喚獣を使役するものたちであれば即時発動が可能だ。

それでも、敏捷性《びんしょうせい》が高いビッグフェイス・ウルフたちは殺しきれない。

奴《やつ》らはうまく魔術の間をくぐり抜けて接敵してきた。

「俺とキラルは前に出て壁になる。オスカは中衛だ。やばそうなクラスメイトのフォローを最優先に。シルフの風に乗るオスカなら、全員をカバーできるだろう？」

「わかったわ」

「ふっ。フォロー役なんて似合わないけど、君にお願いされると断れないね」

俺とキラルが前に出て、遠距離魔術を使っている生徒たちを守る壁となり、オスカが一歩引いて、周囲を見渡す。

キラルが召喚獣の力で、黒い鎧《よろい》を纏《まと》い、誰よりも前に出る。

そのせいで囲まれ、狼の一匹と斬り合っているうちに、後ろから噛《か》みつかれた。

しかし、鎧は堅牢《けんろう》で傷一つつかない。魔力で強化した牙は、鉄板を貫《つらぬ》くというのに。

そして、キラルは振り返りながら、少女には不釣り合いなサイズの片刃剣で狼を両断した。そんな芸当、並の膂力《りょりょく》では不可能。

（あの鎧、守りを固めるだけじゃなく、身体能力まで強化するようだな）

キラルもまた、ファルと同じく化け物。

身体能力強化以外の魔術を一切使えない。クラスメイトたちは、キラルのことを斬り合いしかできないと馬鹿にしているが、それは違う。

彼女は魔力を体に纏《まと》っての身体能力強化ではなく、正真正銘の身体能力強化魔術を近接戦闘で使うという離れ技を使っているのだ。

おそらく、彼女の魔力回路は、人間としてはとても珍しい特化型。

近接戦闘のスペシャリストだ。

その才能が、相性のいい召喚獣によってさらに磨かれた。

この国では、一芸に秀でた人間を、それしかできないと見る傾向があるが、中途半端なカードを複数持つより、圧倒的な強みを持っているほうがよほど頼りになる。

「ユウマちゃん、人の心配ばかりしてちゃだめよ」

「わかっているよ。姉《ねえ》さん」

ビッグフェイス・ウルフが跳びかかり、俺を丸呑《まるの》みできそうなほど大きく口を開く。

詠唱をしながら噛《か》みつき攻撃を躱《かわ》し、すれ違いざまに腹に掌底を食らわす。

ビッグフェイス・ウルフが着地し、振り返ると同時に絶命した。

「相変わらず、省エネな戦いかたうまいよね」

「魔力量が少ないからな。小細工しないと話にならない」

俺が使ったのは水と土魔術の複合。

掌底で触れた瞬間、掌《てのひら》を起点に魔術を発動した。血液中の鉄分を凝結させて凶器に変え、血液を振動させることで、血管をずたずたに切り裂く魔術。

工程数が少ない魔術で数秒の詠唱で使用可能。なおかつ消費魔力も少ない。

ただ殺すだけなら、これでいい。

生き物は繊細で壊れやすい、重要な血管一つ、内臓一つを潰《つぶ》すだけで息絶えるのだ。殺すのに、わざわざ吹き荒れる嵐や、地獄の炎、降り注ぐ雷、そんな派手さは必要ない。

包囲網を抜けてきた魔物は多い。

持久戦を想定しつつ、迅速かつ効率的に潰していこうか。

◇

十五分ほどで、魔物の群れは全滅した。

生徒のほとんどは初めての実戦で、疲れ果てて、膝が笑っている。

戦闘中はアドレナリンの過剰放出で疲れを感じなかった反動が、今ここで出ているのだ。

教官が手を叩《たた》いて注目を集めると、フライハルト侯爵が口を開いた。

「諸君ご苦労だった。私たちの出る幕がないというケースは初めてで困惑している。君たちは召喚獣の力があっても、例年は必ず戦線が崩壊して我らが助けに入る必要があった。優秀だ。……とくに、ユウマの小隊は良かった。大火力の後衛、神速の中衛、堅い前衛。

なにより、誰よりも戦場を把握し、的確に指示を出し続けたユウマが素晴らしい。英雄教室にふさわしい生徒だ」

視線が俺たちに集まり少々照れくさい。オスカなどは当然という顔で、ポーズまで決めているが、あんなふうになれる気がしない。

「そして、もう一つ。魔物を倒して終わりではない。総員、魔物に注意しながら魔石を確保しろ。我が国は一つでも多くの魔石を集めねばならない」

魔物たちの死体の内側から淡い光が漏れている。

それが魔石だ。大事な資源、一つも無駄にできない。

国家間のパワーバランスは集めた魔石の量と質で決まるのだから。

作業が一段落して、顔を上げると姉《ねえ》さんの雰囲気がいつもと違うことに気がついた。

姉さんが魔界の中央、ここからではひどくぼやけて、望遠鏡でも使わない限り見えない黒い塔を見ている。

その目は、痛いぐらいに真剣で、なぜか姉さんが遠く感じた。

「気になることがあるのか？」

「思った以上にまずいの。もう、この世界は終わっている。もうちょっと余裕があるかと思って黙っていたけど、そんなこと言っていられなくなっちゃった」

「世界が終わっているだと？　どういうことだ」

「それは後で話すね。ユウマちゃんも覚悟を決めておいて」

頭が混乱し、無意識にファルのほうを見た。ファルは魔石を集めている手を止めて、笑顔で手を振ってくる。

もし、世界が終わるのなら、みんな死ぬ。

俺はまた転生できる。でも、ファルたちはそれで終わりだ。

（なんとかしないとな）

姉さんの話をしっかりと聞いて、その意味を理解し、その上で対策を練ろう。

姉さんと再会するために生きてきた。

だけど、気がついたら、この世界に失いたくないものがたくさん出来てしまっていた。

この世界が終わりだと言われて、はいそうですかと納得なんてしてやらない。

あがいてやろう。

俺はこれまで不可能をいくつも可能にしてきた。今回もそうしてみせる。

第二十話：オルタナティブ

初めての魔界探索は一泊二日だ。

魔界で一晩を過ごす。

一晩を過ごすと言っても、テントを張って野営をするわけじゃない。人間の魔力を感じ取り、襲いかかってくる魔物がうようよしているここでは、そんなのは自殺行為だ。

それなりにしっかりとした拠点が必要となり、そういうものも魔界に存在する。

魔界での狩りを円滑に行うため、軍が拠点を用意しているのだ。

それは一般冒険者も有料で利用でき、魔界での狩りの支えとなっていた。

そんな拠点の一つに足を踏み入れる。

「すごく普通の街って感じがします」

「長期滞在が前提だからな。ガス抜きできる環境じゃないと軍人だって心が持たないさ」

一般的な街以上に立派な防壁に加え、堀があり守りは堅い。

しかし、中は軍事施設が多いものの普通の街だ。

酒場などの娯楽施設や娼館《しょうかん》なんてものまであり、俺たちが入ったのは兵舎だ。

さっそく食堂に通されて、食事をする。

その食事も終わりそれぞれの部屋へと行く。

ここは学園とは違い、四人部屋だ。

パーティ単位ではなく、男と女が別で適当に割り振られた。

俺以外の三人はぐっすりと眠っている。

俺が魔術で眠らせた。脳を騙《だま》してメラトニンを分泌させる魔術でわりと使い勝手がいい。

これで、姉《ねえ》さんと心置きなく話ができる。

これから大事な話をする、念話じゃなく肉声で話をしたかった。

「それで、この世界が終わっているってどういうことだ？」

「そのとおりの意味よ。魔界の出現は神様が世界を見放した証《あかし》。私たちの世界と一緒。いつか、魔界に世界が呑《の》み込まれて滅ぶ運命なの」

魔族から得た知識で、俺もそれを知った。

魔界が出現した世界を廃棄世界と呼ぶ。

魔界というのは、そもそも神が見込みのない世界を終わらせて、有限なリソースを解放するために用意したもの。そして神は世界が終わると解放されたリソースで新たな世界を作る。理想郷を目指して何度も試行錯誤をしているのだ。

ただ、魔界の出現は試練でもある。

魔族や魔物たちは、人類を強制的に進化させる負荷。そして、それを撥《は》ね除《の》けるほど強くなれば、その価値を認めて廃棄が取り消される。

「その魔界が広がらないよう、この世界の人たちは魔物を狩り続けて、魔界の侵食を止めているんだ」

「うん、そうね。初期段階ならなんとかなったかも。……でも、もう魔界は育ちすぎたの。必死に魔物を狩って、現状維持しているように見えてるけど、実際は違うよ」

声を荒らげるわけじゃなく、ただ淡々と姉《ねえ》さんは伝える。

「魔界は中央に行くほど、強い魔物がいるし、魔物を生み出す能力を持った魔族がいるの。枝葉にしか過ぎない魔物を狩っている間に、幹の魔族が増えて、魔物の生産ペースが上がっていく。そう遠くないうちに追いつかなくなるよ。ここまで魔界が巨大化した時点で詰んでいるの……ユウマちゃんがいなくなったあと、私たちの世界はそうなった」

「そのことに気付いている者もいる。これから先、大規模な遠征で中央に向かい、魔族を狩る計画だってある」

今までは魔物を殺しさえすれば侵食ペースが落ちるのだから、無理して魔界の奥深くへ進むことはないと考えられていた。

しかし、俺が魔族から得た情報をレオニール伯爵に提供したところ、先月、彼は魔界の中央で魔物を増やす魔族が増え続けていることに気付き、それを実証した。

そして、その情報は我が国から国際連合に提言されて、魔界中央への遠征が次々と計画されている。

「五年、遅かったね。それに、大規模な軍なんて、魔族っていう絶対的な個にとってはただの的なの。知っているよね？」

魔術士たちの戦いは個の力によるものが大きい。

実力が近くなければ、連携など取れない。

前世の機関ではトップランカーたちは同じランクのもの、三、四人で一つのチームを組んだ。トップランカー以外がいくら増えたところで足手まといにしかならないからだ。

「……姉さんはどうするべきだと思う？」

「ユウマちゃんも天使になるべきね。そしたら、世界が終わっても帰る場所ができる。お姉ちゃんと一緒に、永遠を生きるの」

「そんなこと」

「できるよ。私が天使になれたのはユウマちゃんが残してくれた研究成果を、少し先へ進めたからなの。基礎理論を完成させたのはユウマちゃん」

言葉に詰まる。

姉さんの言う通り、俺はなろうと思えば天使になれてしまうだろう。

生前であれば、魔力不足がネックになったが、今は血に宿った魔族の力がある。

魔族と天使、その力が反発してしまう……なんてことはない、魔族と天使は本質的には同じものなのだから。

それどころか、魔族の血を取り入れることで、俺の存在は天使に近づいている。

魔族は神が無価値と決めた世界を壊すもの。

天使は神が価値を認めた世界を守るもの。

どちらも神様の道具だ。

「悩むってことは、この世界に大事な人たちができちゃったみたいね。でも、考えておいて。この世界はもってあと五年ぐらい。その間に、この世界を楽しんで、別れの準備をしておかないと後悔するよ」

「考えておく」

考えておくというのは、姉の言った通り別れの準備をすることじゃない。

他に手がないか、それを考察する。

俺はやはり、この世界を諦めたくないのだ。

「うん、じっくりと考えて」

「二つ聞きたいことがある。ファルと友達以上にはなりたくないと言ったのは、別れがくると思っていたからか？」

「うん、ユウマちゃんが天使になって、一緒に別の世界に行く可能性があるから」

「二つ目だ。そうやって別れることを予想していたのに、ファルになら俺を任せられると言った理由は？」

「それはね、ユウマちゃんが私と一緒に過ごすことより、最後までこの世界で戦うことを選んだ場合のためよ……だって、そしたら、そう遠くないうちに私は消え」

ノックの音が俺と姉《ねえ》さんの会話を中断する。

「ユウマ・レオニール。フライハルト侯爵がお呼びだ。すぐに支度しろ」

教官の声だ。もっと姉さんと話をしたかったが、英雄の誘いを断るわけにはいかない。

俺は身支度を整えて、部屋の外に出た。

◇

教官に案内された部屋に入るとフライハルト侯爵が出迎えてくれた。

「よく来た。ユウマ・レオニール」

見た目通り、質実剛健の無駄のない口調だ。

「どのようなご用件でしょうか？」

「少し、話をしたいと思ったのだ。座りなさい」

言われた通り座ると、グラスを取り出し、上物の蒸留酒を注《つ》ぎ、差し出してくる。

「飲め。極上品だ」

「では、遠慮なく」

バレないように、こっそり解析魔術を使う。毒が無いことを確認してから口に含んだ。

「私は毎年、こうして学生の初探索に同行する。そして、夜にはもっとも見込みのある生徒を呼び出して話をすることにしているのだ」

「それが私ですか？」

さきの戦いで判断する場合、強さだけが基準ならファルが呼ばれていただろう。

なのに、俺を選ぶ辺り、よく見ている。

「そのとおり。そして、私はいつも同じ質問をするのだ。英雄とはなんだ？　君の言葉で語ってほしい」

英雄か。難しい質問だ。

「偶像でしょうか？　英雄は存在すれば、みんなが安心し、希望を持てる。そのために国や権力者が、選び、飾り立て、宣伝し、作り上げる存在」

強さや戦果、それだけが英雄を作るわけじゃない。それはただの前提だ。

ただ強いだけ、ただ戦果を上げただけならば、そんな事実はすぐに風化する。

いや、そもそもほとんどの民衆はそれを知ることすらない。

意図的に、作ろうとしなければ英雄は生まれない。

そして、英雄という存在は便利だからこそ権力者たちが作ろうとする。

前世での俺や姉《ねえ》さんもそうだった。大仰な二つ名を付けられ、戦果と共に華々しく取り沙汰され、英雄として扱われた。

くぐもった笑いをフライハルト侯爵が漏らす。

「面白い、実に面白い答えだ。そんなふうに答えたのは君が初めてだ。そうなのだ、英雄はなろうとしてなれるものじゃない。祀《まつ》り上げられて初めて英雄たり得る。私は英雄と呼ばれているが、私より強い男も、私より戦果をあげた男も知っている……だが、私だけが英雄だ」

その言葉には、誇りと苦悩と葛藤が入り混じっていた。

「英雄は重荷ですか？」

「そんなはずはない。いや、重荷なのかもしれない。だが、その重さすら愛《いと》おしい。私は英雄であり続けたい。しかし、世界は残酷だ。人は飽きる。私が変わらなくとも、民は勝手に見限って、勝手に新しい英雄を求める。……そして、より祀り上げるに相応《ふさわ》しい人物が生まれれば、権力者たちはそいつを祀り上げて、新たな英雄の誕生。私は忘れ去られる」

それを否定する言葉を俺は持っていない。

ただの事実だ。

英雄であり続けられるよう努力はできる。だけど、それで英雄であり続けることができるというわけじゃない。

「すまない。愚痴を聞かせてしまって。本当はアドバイスをしたかったんだ。君が次の英雄かも知れない」

「そんな柄じゃないですよ」

「いや、私はわかる。君には華がある。なにより、独特の空気がある。まるで、物語の主人公のような。君を中心に世界が回り、君に視線が集まっていく、そんな感覚が。かつての私がそうだった。ああ、なんて眩《まぶ》しい。……もし、英雄になれば私の言葉を思い出すといい。呼び出して悪かったな」

フライハルト侯爵は最後に酒を一気に呷《あお》った。

彼は微笑《ほほえ》み俺を見送る。

その微笑みが、どうしようもなく無機質に見えて……背筋が凍るほどの恐怖を感じた。

◇

翌朝、警報の音で目が覚める。

随分、荒っぽい目覚ましだ。

いや、違う。あまりにも空気が重く、慌ただしい足音が響いていた。

なにか、緊急事態が起きている。

軍人が扉を開ける。その表情は悲壮感に溢《あふ》れていた。

「魔物の大群がこっちに向かって来ている。こんな数、見たこともねえよ。きっと、魔族もいる！　おまえたちも着替えて戦え！　くそっ、なんで、こういうときに英雄様がいないんだ！」

同室の者たちの表情が凍りついた。

軍人のただならぬ様子を見て、怯《おび》えている。そして、心のよりどころにしていた英雄、フライハルト侯爵はなぜか不在。

『この襲撃は偶然じゃないの』

姉《ねえ》さんが念話で語りかけてくる。

『どういう意味だ？』

『魔界がある一定の規模を超えると、人間並の知能と狡猾《こうかつ》さをもった魔族が生まれるの。正体を隠して人間社会に潜むことだってできる……だから、こうして将来有望な魔術士の卵たちを卵のまま割りに来た。全部、計画してやっていることよ』

『予《あらかじ》め、俺たち、召喚獣を従えた生徒が来ることを知っていて、兵力を集め、総攻撃を仕掛けたと言うのか』

召喚獣を従えた魔術士というのは、圧倒的な強さを誇る。

しかし、ここの生徒のほとんどは実戦を知らない。その圧倒的な強さを発揮できない。

そんな、未熟なカモが魔界に足を踏み入れた。潰《つぶ》すには絶好の機会。

……なるほど、ただ強いだけじゃなく知能があって狡猾《こうかつ》。

しかも、魔術学園の情報を知ることができるほどの立場にまで深く人間社会に潜り込んでいる。世界が詰んでいるというのも、あながち間違いではないようだ。

俺以外のクラスメイトたちはすでに部屋を出て、ここには俺と姉《ねえ》さんだけが残された。

『姉さん、この世界で俺がどうするかはまだ決まってない。だけど、まずは生き残る。魔族の性質を考えれば、やるべきことは一つだ』

魔族を殺す。

魔族の能力は魔物を生み出すことと、魔物の指揮。

どれだけ魔物の数がいようと、指揮している魔族さえ殺せば、生き延びる可能性が出てくる。

なにせ、統率された魔物の軍勢だからこそ脅威だが、烏合《うごう》の衆に成り下がれば、いくらでもやりようはある。

本来、魔物とは本能のままに生きているのだから。

『うん、そうしよう。ダメそうなら、お姉ちゃんが守ってあげるから』

姉さんの首元にある宝石が輝く。

あの魔力を使えば、姉さんは天使としての力を使える。

ただ、俺はあれを使いたくない。
姉さんの嘘《うそ》に気付いているからだ。
……さて、久々に全力で戦うときが来たようだ。
一切の制限なし、ただ全力で駆け抜けてみせよう。

第二十一話：魔導教授の本気

防壁に登り、外の様子を眺める。

魔物の大群……軽く二千は超えてまだ増え続けている。

敵のほとんどが昆虫型の魔物だ。人以上に巨大な虫というのはグロテスクかつ脅威。

例えば甲虫型は極めて防御力が高く、その筋力は人を遥《はる》かに凌駕《りょうが》する。

羽虫たちは堅牢《けんろう》な防壁をたやすく乗り越えていく。

全体的に生命力が強く、死を恐れない軍団。悪夢に近い。

頼りになるはずの英雄、フライハルト侯爵はなぜか居ない。

防壁の上から、軍人も生徒も一丸となって魔術や矢を放っているが、まったく数が減っているように見えない。

（もって、あと十五分ってところか）

ここにいる軍人は全員が魔術士であり、遠距離広範囲攻撃魔術を習得した優秀なものばかり。そうでなければ、魔界内の拠点という最前線に配置されないだろう。

そのおかげでまだ持ちこたえられている。

しかし、ほぼ全員が全力で戦ってなんとか耐えているという状況。

こんなペースで戦えば、すぐに魔力切れになる。

そうなったら最後、一気に押し切られて皆殺しだ。

（俺に残された時間は、あと十分。十分以内に魔族を殺さなければ負けだ）

たとえ魔物の軍勢が指揮官を無くして烏合《うごう》の衆になったとしても、本能で襲いかかってくるやつが相当数いる。

それに対処するだけの余力を残しているうちに魔族を始末しないとならない。

だが、焦るな。

冷静に最善手を打ち続けろ。

アストラル・ネットワークを構築。

魔族の血の封印を解く。

出し惜しみなどしない。今は演算力と魔力が少しでもほしい。

今回の魔族は指揮官タイプ、魔物の群れに身を隠しているようだ。

まずは、魔族を見つけ出す。

すべてはそこからだ。


〜五分前〜

俺は、教官を訪ねていた。教官は学園には出向扱いで軍人としての階級は活《い》きており、階級はここの拠点の誰よりも上だ。

そのため、彼の許可を取れば自由に動ける。

「そんなことが、可能なのか？」

俺の提案を聞いた教官が、目を丸くしている。

「はい、魔族が魔物に指示を下す仕組みはこうです。まず、優れた魔物を数体、隊長に任命します。魔族はその隊長格の魔物とのみパスを繋《つな》いで指示を出す。そして、隊長格の魔物は声や身振り、匂いで周囲の同族に魔族からの指示を伝えるようになる」

「……言われてみれば、腑《ふ》に落ちることが多い」

「逆に言えば、隊長となっている魔物を生け捕りにできれば、魔族と繋がるパスを辿《たど》って魔族の位置を特定できます」

前世でもよく使った手だ。

「その隊長になっている魔物をどう見つける？」

「隊長になっている魔物たちは配下に指示を出す動きが大仰でわかりやすい」

「なるほど、それで魔族を見つけたあとどうするつもりだ？」

「俺一人で突撃して、魔物を掻《か》き分けて近づき、殺します」

「不可能だ！」

教官がそう言うのも無理はない。

魔族というのはそれほど圧倒的な存在。

一対一で勝てるのは英雄と呼ばれるような存在だけ。

なのに、今回は大量の魔物すら従えている。

「魔族のもとまでいけば、天使イノリエルの力を解放します。たった六回の奇跡、もったいないですが、ここで使わねば、俺たちは全滅だ」

「たしかに、天使様の力なら……わかった。その案に乗ろう。我々は防衛に専念する。生徒に重荷を押し付けるのは大人としても教官としても失格かもしれない。だが、頼む。君に頼る他、窮地を乗り切る手が思い浮かばん」

「任せてください」

良かった。ちゃんと感情じゃなく頭で考えられる人だ。

機関にいた頃、面子《メンツ》と保身だけで凝り固まった上司に当たったことがある。

……あれは地獄だ。

理屈で話が通じない相手というのは度し難い。

これで、俺は自由に動ける。

ただ、一つだけ俺は嘘《うそ》をついた。

俺は姉《ねえ》さんの力を使うつもりはない。こうでも言わなければ、許可が降りないからこその方便。
俺は姉《ねえ》さんの嘘《うそ》に気付いている。
首飾りの魔力を使うわけにはいかないのだ。

◇

防壁の上で、魔物の動きを観察し続けていた。
そして……。
(見つけた)
魔物に指示を出している魔物。
上からなら一目瞭然だ。
ありがたいことに最前線に出てきてくれている。
「オスカ、風で魔物を吊《つ》り上《あ》げてほしい。あの紫色のクワガタだ」
「あれだね。僕に任せてくれ」
オスカがシルフの力を借りて局地的な竜巻を生み出す。
すると、風に巻き上げられて、隊長の魔物がこちらにやってくる。
防壁に落ちてくる瞬間に、俺の魔術で氷の中に閉じ込めた。

指一本動かせず、しばらく死ぬことはない。

目に魔力を集めてパスを霊視する。

パスを辿《たど》ろうとするが、暗号とプロテクトで守られている。

なかなかに用心深いが、この程度なら押し切る。

アストラル・ネットワークをフル稼働。

数多《あまた》の霊たちの演算力を直列で繋《つな》ぎ、魔族のソレを凌駕《りょうが》する。

暗号、プロテクト、共に破り終えた。

ちっ、対応が早い。パスが切られた。

だが、マーカーを送りつけることに成功した。

数十秒ほどなら、マーカーが位置を教えてくれる。

「ファル、魔族の位置を掴《つか》んだ。座標をテレパシーで送る。魔族までの道を作ってくれ」

「任せてください。ルシエちゃん、私の力を全部使ってください！」

「やー、思いっきりいくの！」

天狐《てんこ》のルシエが実体化しながら、防壁から飛び降りる。

術者が魔力を通すことで神獣の技を使える。

しかし、それは術者の最大放出量が上限となる。神獣本来の力を振るうには、実体化が必要なのだ。

そして、今がその真の力を発揮するとき。

ルシエが子ぎつねの姿のまま、思いっきり口を開いた。

「【朱金絢爛《しゆきんけんらん》】」

口から、朱金の光帯が吐き出される。

あまりの高温に炎がプラズマ化し極太のビームのようだ。それもただの炎じゃない。天《てん》狐《こ》という存在だからこそ可能な、燃やすという意志の具現。

それが、進行方向にある全てを灰にするどころか、存在そのものを焼却して伸びていく。

地面すら溶けて、まるで鏡面のように輝いていた。

（えげつないな）

その光帯の先には右腕が炭化した人型の魔族がいた。その間にあるすべてが消滅しており、目視できる。

その魔族は黒いのっぺらぼうのよう。

あの一撃を受け止めるとは。敵もまた化け物。

「げぷぅ、これでルシエのお仕事は終わりなの」

ルシエが再び霊体に戻って、ファルのもとへ帰ってくる。

恐るべきは、これだけの魔力を短期間で溜《た》め込ませたファルのデタラメな魔力、そしてそれをたった一撃で使い尽くすだけの瞬間魔力放出量を持つルシエ。最強のペアだ。

「オスカ、俺を射出しろ」

「手加減は？」

「必要ない」

「ＯＫ、シルフ。僕たちの風を見せてあげよう」

俺の周囲にシルフの風が渦巻く。

そして、風に包まれたまま、俺の体が弾丸になる。

ファルとルシエのコンビが作った魔族への続く道を飛ぶ。

音速を超えた速さで、魔族に迫り、目標の手前で俺を包む風が解けて逆噴射し、速度を落とす。

それでもまだ、時速にして三百キロほど。

あえて俺は減速しない。地表近くに風の滑り台を作りつつ、姿勢制御でベクトルを調整。

剣を引き抜き、体だけでなく剣をも魔力で覆う。

ファルのために作った銃剣と同じく、魔力を通すだけで魔術が発動するギミックを搭載した杖《つえ》としての面も持つ片刃剣。

刻んだ術式は【斬撃《ざんげき》】。

斬撃の概念強化。

風の滑り台に着地、前へと加速しながら、魔族とすれ違い際に剣を一閃《いっせん》。

左腕を斬り落とした。
手に鈍い、衝撃。
【斬撃《ざんげき》】の術式がなければ、こっちの腕が折れてたな）
体表を覆う黒い何かが鎧《よろい》になっているようだ。
振り向くと目があった気がした、のっぺらぼうなのに強烈な視線を感じる。
両腕がないという圧倒的に不利な状況で、ケラケラケラと声を上げて笑った。
そして、走り出した。
まるで、俺を街から引き離すように。
いいだろう、その誘いに乗ってやる。

◇

完全に、街が見えなくなったところで、魔族が振り返る。

ここには軍人も魔物もいない。二人きりだ。

「愚かだな人間。魔族と一対一で対峙《たいじ》するのは自殺行為だ」

「そういいかにも魔族なセリフは必要ないさ。おまえの正体はわかっている。……フライハルト侯爵」

確信を持って口にした。

彼のことを調べれば調べるほど、不審な点が出てきた。

彼の周りでは、将来を有望視された若者が魔族や魔物に殺され、その仇《かたき》を彼が取るという事件が三件も存在した。

極めつけは、魔物の襲撃と同時に彼が消えたこと。

疑って当然だ。

むろん、状況証拠だけでこんなことを口にはしない。

目の前の魔族は黒いのっぺらぼうで顔は見えない。

黒い何かに包まれたせいで肥大化し、彼と体格が違う。

魔力も人間のそれとは変質しきっていて、面影はない。

それでも呼吸、歩き方、重心移動。そういったものは消せない。

彼ほどの達人であれば、俺が見間違えることはありえない。

「その目、ああ、そうか。もう、誤魔化《ごまか》すことはできぬか」

俺は返事をする代わりに、呼吸を整え、魔力を循環させて、戦闘態勢に入る。

「理由は聞かないのか？　英雄が人間を裏切ったのだ」

「あんたは英雄であり続けたいんだろう」

「はははははははははははははっ」

く。

壊れたように、黒いのっぺらぼうが笑う。

笑えば笑うほど、黒い膜が割れ、剥《は》がれ、英雄フライハルト侯爵の姿が露《あら》わになってい

両手が生えてきて、剥がれた黒い塊が鎧《よろい》と、二振りの剣へと変わる。

英雄フライハルトは二刀流を得手とする。

「そうだ。私は英雄であり続けたい。邪魔なんだ。新しい才能が、新しい英雄が！　だから、契約をして魔族に堕《お》ちた」

「……あんたが大嫌いな、英雄候補は魔族も排除したい。利害が一致する。だから、おまえは魔族と共謀して罠《わな》に嵌《は》めて殺す。その見返りに、魔族側からは戦果を提供してもらう。正解だろう？　おまえの過去は調べている」

今まで集めた情報、エルフラムの言った、仲間に裏切られたという言葉、魔族に堕ちていたという事実。それらを複合的に判断するとこうなる。

「なんだ、バレてるのか。つまらないな。ネタバレして絶望した顔を見たかった」

「今回の筋書きはこうだ。ここで俺を殺して拠点に戻る。しれっとした顔で、こう言うんだ。『魔族はもう倒したから安心しろ。だが、彼を守ることはできなかった』。そうして、邪魔者は消えて、新たな戦果を手に入れる。……いつもの手だ。もう、三度目だろ？」

にやり、そうとしか表現できない凶悪な笑みを奴《やつ》が浮かべた。

「惜しいな。ここまで全問正解だったのにハズレだ。これで五回目なのだよ」

救いようがない。

闇に堕ちた英雄が襲いかかってくる。

『ここは俺一人でやってみる。姉《ねえ》さんの力は使わない』

『もしかして、私の秘密ばれてる？』

『けっこう前から』

『危なくなったら、ちゃんとお姉ちゃんを呼ぶんだよ？』

俺は苦笑する。

そして、緩んだ気を引き締めた。

姉さんの力を借りずに、やれるところまでやって見よう。

知識と技術頼りの俺が、力を手に入れた。すべてのカードを揃《そろ》えてから初めて全力を振るう。

こんな状況なのに、高揚感が抑えきれなかった。

◇

戦闘が始まっていた。

アストラル・ネットワーク、血に宿った魔族の血はすでにフル稼働。

そうでなければ、数秒で殺されていただろう。

魔族とはそれほどまでに強い。

そして、その魔族の中でも彼は別格だ。

両手の黒い大剣で襲いかかってくる。

普通、二刀流を使う場合、重い剣を避けるし、片方、もしくは両方を短刀にする。

そうでないとまともに剣を振れないからだ。

だが、フライハルト侯爵は圧倒的な筋力、そして完璧な重心移動と、回転を利用し、力の流れを止めない技で、大剣二刀流なんて無茶《むちゃ》を成立させている。

その技は美しくすらある。

達人。彼ほど、その言葉が相応《ふさわ》しいものもそうそうおるまい。

「召喚獣を使わないのか」

「どうだかな」

使うつもりはない、だが、使うかもと思わせることで敵の注意は分散できる。

(速いな)

踏み込みも速い。なおかつ初動をうまく消すため、ぎりぎりまで反応できなかった。

普通に迎撃すれば間に合わない。

魔術を行使する。

それは武術と魔術の融合。

身体能力を強化する際、ほとんどの魔術士は魔力で体を覆う。一流の魔術士であれば、魔力を必要なところに多く集めることでより効率的な強化を実現する。

そして、超一流は……。

（身体能力強化魔術を使う）

そう、ただ魔力で体を覆うだけと身体能力強化魔術では天と地ほど強化幅に差がある。

しかし、身体能力強化魔術は現実的ではない。

どこをどう強化するべきか、近接戦闘などではコンマ数秒単位で目まぐるしく変化する。全体を漠然と強化するだけでも、発動まで時間がかかるわりに、効果時間は極めて短い。何度も掛け直しを強要されて効率が悪い。

近接戦闘で身体能力強化魔術を使うことができるのは、姉《ねえ》さんのようにふざけた演算力と魔力を持った天才か、キラルのような特化型の魔力回路を持っているもの。

（だが、アストラル・ネットワークの力を借り、前提を一つ変えるだけで、天才にのみ許された領域に足を踏み入れられる）

身体能力強化魔術の難しさは、絶え間なく起きる状況変化への追随。

であるなら、決まった動きをして、それに特化させた術式を用意しておけばいい。

それこそが……。

「【瞬閃：壱ノ型・光】」

必殺技を使う。入学試験で、オスカに使った劣化版とは違う本物の瞬閃《しゅんせん》。

武術の概念に型というものがある。

武術家は型を何千、何万回も反復して体に刻みつけて反射に落とし込む、基本にして奥義。達人は思考を介在させないからこそ可能な滑らかさと速度を実現する。

そこに俺は目を付けた。

武術という型の動作に、その型に最適化した身体能力強化の術式を盛り込んで、何万と繰り返し、反射で行えるまで体に刻み込んだ。

魔術と武術の融合、故に届いた神速・超効率の一撃。

瞬閃は、壱から玖《きゅう》まで存在し、状況に応じて適切な型を振るうことができる。

壱ノ型・光は神速の抜刀術。

黒い大剣が振り下ろされるまえに奴《やつ》の胴体を捉えた。後出しで、速さが劣っているにもかかわらず達人を追い抜く。そんな不可能を可能にする。

ならばこそ必殺技。

もともと少ない魔力を超効率で使うことで天才たちに追いつくために編み出した技。

それを今の魔力量で放てばどうなるか。

その一閃《いっせん》はその名の通り光だった。

奴の胴体を断ち切り、その余波で上下に別れた肉体が吹き飛ぶ。

「今の力で放つ瞬閃、ここまでとはな」

しかし、これぐらいで警戒は解かない。

相手が人間であれば即死だ。

だが、今のフライハルト侯爵は魔族に堕《お》ちている。

倒れたまま、虫のような目で俺を睨《にら》んできた。

「あああああ、なんて、なんて素晴らしい才能だ、妬ましい」

腹から虫の足が生えて、そのまま飛びかかってくる。

迎撃の型を……と考えて中止して後ろへ飛ぶ。

(ちっ、やってくれる)

奴の血を浴びた剣が腐食し始めていた。

これでは使い物にならない。

ここから先、受けることは許されず、すべて回避を強要される。

達人同士の戦いではとてつもなく大きなハンデ。

「さあ、迎撃をしてみるといい、天才！　ああ、ひと目見たときからわかっていたのだ。

入学試験で見たときからだ！　おまえは私と違って本物だ！　こんな輝きが、こんな輝き

「私が英雄でいるために！」

　鬼気迫り、殺気に満ち溢《あふ》れ、剣に込められる魔力が跳ね上がる。

　剣を躱《かわ》しても、その風圧だけで、服と皮膚が切り裂かれた。

　魔力強化の産物。俺と違い、ただ魔力で強化しているだけ、なのに威力だけなら【瞬《しゅん》閃《せん》：壱ノ型《いちのかた》・光《ひかり》】と変わらない。

　奴《やつ》の血で腐った剣で受けようものなら、剣ごと両断される。

　一方的にフライハルト侯爵が攻め続け、俺は回避しても風で切り裂かれ血を流し消耗していく。根性論ではどうにもならない。どんどん体が重く、動きが鈍くなっていく。

　それが五分ほど続いたころ、俺を追い詰めているフライハルト侯爵が困惑し始める。余裕の笑みが、焦りへと変わっていく。

「なぜだ、なぜ、躱せる!?」

「さあな」

　俺はさきほどから身体能力をろくに強化もせずに、ぎりぎりの見切りで躱している。

　その手品はわずか周囲七十センチに展開した風にある。

　この風に異物が侵入した際、その速度と角度、重さを脳にダイレクトで伝え、その数値に応じてプログラムをしたおいた回避運動をする。

　故に超反射神経、超効率での回避。達人の神業を魔術によって可能にした。

その名も【絶空領域《ぜつくうりょういき》】。

魔力の大部分を別の用途に使っており、最小の魔力で攻撃を防がねばならなかった。

フライハルト侯爵はすべての攻撃を躱されつつもけっして手を止めない。

そして、彼の纏《まと》う空気が一瞬緩んだ。まるで勝利を確信したかのように。

遅れて、俺はミスに気付く。

(はめられた。この位置、タイミング、詰んでる、躱せない)

さらなる一撃を躱しつつ、その勢いのまま反転して剣を振るう。

回避は不可能だったため、受けるしかなかった。

ぎりぎり剣が間に合う。

その剣が捉えたのは、奴の下半身が放った蹴り。

真っ二つにしても生きているどころか、それぞれが個別で動けるなんてふざけている。

腐食していた剣が砕けて、そのまま奴の蹴りが俺に突き刺さる。

「ぐはっ」

魔力で体を強化していないこともあり、吹き飛ばされ肋骨《ろっこつ》が砕けた。……剣を潰《つぶ》してでも防御に回さなければ、即死だった。

膝をつく俺を見てフライハルト侯爵は笑い、上半身と下半身がくっついた。

「ああ、安心した。いくら天才でも、魔族《ここ》まで堕《お》ちれば、私のほうが上だ」

「安心するには早いんじゃないか？」

不敵に微笑《ほほえ》む。

会話に付き合ってやるのは、威嚇であり、時間稼ぎ。

あと十秒ほど、魔術が完成するのに時間が必要だ。

「強がりを。そろそろ楽にしてあげよう。安心してくれ、君は生き続ける。私の英雄譚《たん》の中で、魔族に殺され、私に仇《かたき》を討ってもらった少年Aとして語り継がれるのだ」

それは嫌だな。

こんなやつに利用されるなんてまっぴらだ。

勝利を確信したやつの顔が歪《ゆが》む。表情を変えたわけじゃない、物理的に歪まされている。

「なっ、なんだ、これはいつの間に」

「おしゃべりに付き合ってくれてありがとう。おかげで完成した……【辰気降臨】」

やつを中心に巨大な魔法陣が青く輝く。

そしてやつは重力の檻《おり》に閉じ込められ、体が押しつぶされていく。

その正体は儀式魔術。

「うごっ、うごけな。体がおも、つっ、つぶれ」

魔法陣は儀式魔術に用いられる手法。その特徴は二つ。

一つ、術式を外部に刻むことで、入念な準備をしておけば人の身では不可能なほど複雑な魔術を発動できること。

二つ、肉体を媒介しないがゆえに、瞬間魔力放出量を超えた魔力を使用した魔術を行使可能。

「人間につかえ、る、魔術、じゃな、いや、それ、以上に、いっ、いつのまに、これだけの、魔法陣を、ありえ、ありえない」

体をひしゃげさせながら、フライハルト侯爵が声を絞りだす。

やつの言う通り、儀式魔術は便利だが弱点があり、実戦で使えるようなものじゃない。複雑かつ広範囲に及ぶ魔法陣を組み上げるには本来なら莫大《ばくだい》な時間がかかるのだ。俺が描いた魔法陣は、極めて高度で複雑な上、半径十メートルにも及ぶ最大規模。

一流の魔術士でも陣を描くだけで三日はかかる。

それを実現できたのにはからくりがある。

「真面目にお絵描きなんてしないさ」

空になった瓶を振る。

その中には水銀が入っていた。

ただの水銀じゃない。魔術によって形状記憶を行っている。魔力を通せば事前に設定した陣を自動で描いてくれる。

戦いながら、術式を仕込んでいるのがばれないよう、水銀を地中に流し込み地下で魔法陣を描き、魔力の大半を注ぎ続けた。

そっちに魔力を持っていかれたからこそ、ろくに身体能力強化魔術も使えなかったのだ。

「そっ、そんな、げほう。うぐっ、貴様、ほんとうに、魔術士か」

魔術士は結果以上に過程や美しさを求めるもの。

美しい魔法陣を自分の手で描くことに美を感じるから、俺のように自動化をしない。

無駄を余裕といい、それをありがたがるものが多い。

……だが、俺にはそんな余裕がない。弱い俺が、天才《ねえさん》に追いつくには、ありとあらゆる効率化をして、ズルをして、考え抜いて、ただ前へ進むしかなかった。

この【水銀陣】もそういった手札の一つだ。

「魔術士だ。少し変わり者のな」

フライハルト侯爵の四肢が砕け、目が飛びで、胴体が三分の一以下にまで小さくなる。

「それでも、わか、わからん、なぜこれほどの出力が」

それも気になるだろうな。

魔族の血で魔力を得た今でも、こんな荒唐無稽な魔術を使えるだけの魔力はない。

だから、外から魔力を持ってきた。

魔術を使う際には、魔力を魔術に変換しきれなかった魔力が漏れていく。身体能力強化で魔力で体を覆うときも漏れがある。

そうして、戦場では数百人、ときに数千、数万人分もの魔力が漂っていく。

俺が描いた魔法陣の効果は重力制御だけじゃない。戦場に漂う消化不良の魔力をかき集める効果もあった。俺の小細工は一つじゃない、無数のカードを使いこなす。だからこそ、魔導教授と呼ばれた。

「それは企業秘密だ。さあ、死ね」

拳を広げて突き出し、ゆっくりと握っていく。

どれだけ回復力があろうと、パチンコ玉まで圧縮されてしまえばどうにもならない。

重力による圧縮は最終段階に入る。

フライハルト侯爵が頭部だけに魔力を集めて守るよう切り替えた。頭以外のすべてが肉眼で見えないほど圧縮される。

「私の、負けだ。ああ、やっと、英雄《ゆめ》が終わる。やっと、やっと、やっとだ。不思議と晴れ晴れとした気分だ。だが、この英雄《ゆめ》は私だけのもの。渡さない。おまえを英雄になどさせるものか、おまえにくれてやるのは悪夢だけだ」

そこまで言って、フライハルト侯爵は潰《つぶ》れる。

それが英雄であり続けることを願った男の最期だった。

◇

フライハルト侯爵が完全に潰《つぶ》れる。

しかし……。

「なんだ、これは」

やつは潰される直前に凄《すさ》まじい魔力を放った。

やばいな、魔族特有の切り札、自らの核を砕く代わりに発動する技を使われた。

それを使わせないように、重力の檻《おり》を使ったというのに、やつは意地で守りを捨て、肉体が潰れる一瞬でその力を使った。

姉《ねえ》さんが俺の隣に現れる。

「さすがだね、魔導教授。無数の手札と、それを使いこなすセンス。……そんなユウマちゃんがこれだけの魔力を手に入れちゃったんだから、死ぬ前の私より強いかも」

「いや、まだあのときの姉さんには勝てないさ。……それより、なにか感じないか」

「あの魔族が死ぬ直前、二つの光が見えたの。一つは天に昇って。一つは無数の矢になって、虫たちに突き刺さったよ」

魔力で視力を強化して、遠く離れた街のほうを見る。

そして、状況を察した。

感情がないはずの虫たち、その目に獰猛《どうもう》な光が宿っている。

……あてが外れた。

指揮官さえ倒せば魔物たちは散り散りになるという前提で、魔族をまず殺す道を選んだ。

しかし、これでは。

「みんな、食い殺される」

ファルたちが危ない。

さきほどから、防壁から放たれる魔術の頻度が下がっている。

魔力切れのものが出始めているのだ。

このままでは彼らは全滅してしまうだろう。

第二十二話：二人の力

本能で生きるだけの虫型魔物たち全ての目の色が変わる。

虫には存在しないはずの怒りや憎しみといった感情に染まり、ファルたちがいる拠点へと殺到する。

まるでフライハルト侯爵の怨念が乗り移ったかのように。

強い感情が加わったことにより、さきほどまでと勢いがまるで違う。

「打つ手がない」

考え抜いた結果、そう判断した。

俺の強みは、力の収束。

ホースの先端を摘《つま》んで勢いを増すようなもので、力の総量を増やせるわけじゃない。

今、求められているものは一点突破ではなく、圧倒的な出力による広域破壊。

俺がもっとも苦手とするもので、工夫や運用ではどうにもならないのだ。

……だから、覚悟を決める。

「姉《ねえ》さんの力を貸してほしい」

俺の力ではどうにもならないなら俺以外の力を使うしかない。

それをしなければ、ファルたちが殺されてしまう。

姉さんの力を使えばどうなるかをわかった上で頼んだ。

「……そんな泣きそうな顔をしないで。大丈夫よ。一つ使ったぐらいだったら、まだまだ大丈夫だから。お姉ちゃんに任せなさい」

「任せる。だが、約束する。その首飾りすべてが尽きる前に、必ず俺が姉さんを救う方法を見つけるから」

「ユウマちゃんは大変ね。ただでさえ、私が触れられるようにするって約束しているのに」

「全部やるさ。俺ならできる」

姉さんは嘘《うそ》をついた。

召喚されたとき、俺を抱きしめるために宝石を一つ消費したと言った。実際は、聖杯の力だけでは召喚が不可能で、世界を渡る後押しのために宝石の魔力を消費している。

あの実体化はその際に、過剰に放出してしまったものを再利用しただけに過ぎない。

そんな無茶《むちゃ》が必要だったのは、天使を世界が認めないからだ。

神が終わらせようとした世界に世界を救う存在が許されるわけがない。

だから、普通の召喚獣と違い、霊体状態ですら魔力を消費する。

姉さんをこの世界に繋《つな》ぎとめているのは、あの首飾りに込められた魔力。

首飾りすべてを使い切ったとき、姉さんはこの世界に居られなくなる。

姉《ねえ》さんに力を使わせるのは、姉さんの時間を奪うに等しい。

「うん、信じるよ。きっとユウマちゃんなら、ずっと一緒に居られる方法を見つけてくれる。一万二千年《ちょっと》みない間にかっこよくなったね。じゃあ、お姉ちゃん。本気出しちゃうよ。だから、私に体をちょうだい」

「ああ、行くよ……【神獣顕現】」

首飾りに嵌《は》められていた赤く輝く宝石が砕けた。

その膨大な魔力が姉さんに注ぎ込まれていく。

天使がこの世界に降臨した。

白い翼は光り輝き神々しく、風に舞う貫頭衣はどこまでも清らか。

見ているだけで魂が奪われてしまいそう、すべてをこの人に捧《ささ》げたい。

この俺ですら、そんなふうに考えてしまうほど、今の姉さんは美しかった。

「行こう、ユウマちゃん。ファルちゃんたちを助けに」

「ああ、行こう」

「でも、その前に。ぎゅー」

「……姉さん、何をしているんだ」

姉さんは思いっきり俺に抱きついていた。

「こういうときにぎゅっとしとかないと、次がいつになるかわからないもの」

そんな場合じゃないと言いかけてやめた。俺も、こうしていたいからだ。

十秒ぐらいそうしてから、姉さんは名残惜しそうな顔で俺から離れ、羽撃《はばた》いた。

◇

防壁は突破される寸前だった。

絶え間なく襲いかかる虫たちは容赦なく、防衛隊の体力も魔力も精神力も奪っていく。

魔術士たちは懸命に魔術を放っているが、まともに動けているものは少ない。

奇跡的に死者こそ出ていないが、負傷者や、無理して魔術を使い続けて、魔力欠乏症で倒れたものが半数を超えていた。

魔力切れしても弓で戦おうとする者も多いが、魔物の甲殻を貫《つらぬ》くだけの威力がない。

「もう、無理だ」

「助けて、誰か、助けてくれえええええ」

「お母さんっ！」

ついに虫型魔物が防壁に取り付き、登り始める。

白い防壁にびっしりと虫が張り付き、黒く染まった。

ほとんどの者の脳裏に諦めがよぎる。

そのときだった。

白い光を纏《まと》った天使が、少年を連れて、拠点の中央にある塔のてっぺんに舞い降りる。

「きれい」

一人の少女が、呆《ほう》けた顔で呟《つぶや》いた。

一斉に頭上を見上げる。

絶望感、極度の疲労による倦怠感《けんたいかん》、無力感、恐怖、負の感情に支配されていたのに、その姿を見ただけで心が軽くなっていく。

そして、天使を見ていると自然に涙が溢《あふ》れた。

理由もなく、安堵《あんど》し、希望が湧いてくる。

天使が胸の前で手を組み、祈りを捧《ささ》げ、詠唱、いや、祝詞《のりと》を紡いでいく。

この地上のどんな楽器よりも美しい声が響くと防壁を包むように光の壁が生まれた。

「【絶対聖域《サンクチュアリ》】」

圧倒的な力と神聖さ。

虫どもがその壁を突き破ろうと突進して……壁に触れた瞬間に消滅した。

絶対聖域《サンクチュアリ》は天使が不浄と定めた全てを浄化する。

仲間が消滅していくにもかかわらず、虫たちは絶え間なく突進し続けた。

もし、虫たちに恐怖という感情が少しでもあれば、足を止めただろう。

だが、虫たちには元来本能しかない上に、無理やり植え付けられた怒りと憎しみで歯止めが利かなくなっている。

数千の虫型魔物が無意味に突撃し、無意味に死んでいき、全滅する。

絶望的な状況が、一瞬でひっくりかえった。

この状況を一言で表すなら、奇跡。

「てっ、天使様だぁ！」

「ありがとう、ありがとう」

「ああ、なんて神々しい」

兵たちが天使を崇拝し、感謝と祈りを捧げる。

天使は微笑《ほほえ》み、そしてその輪郭がぼやけ、消えていった。天使が消えたあとも兵たちは、祈りを止《や》めない。

彼らは一生、この一幕を忘れないだろう。

◇

少しでも魔力を節約するため、仕事を終えると同時に姉《ねえ》さんを霊体に戻し、二人で、そそくさと塔を下りる。

「あれが天使の力か。想像以上だ」

「うん、そうよ。人間の魔術だと、あの状況はどうしようもないもの」

天使が規格外なんてことは初めからわかっていたが、ここまでとは。

……ただ、代償に宝石が砕かれた。

俺の目算では、あの宝石一つにつき半年間、この世界に滞在できる。

それが二つも砕けて残り五つ。もう、あと二年半しか姉《ねえ》さんはこの世界に居られない。

この調子で使っていけば、姉さんはすぐに消えてしまうだろう。

(姉さんに頼らない強さがほしいな)

改めて、そう願う。

俺の選ぶ道は二つある。

一つ、二人で別の世界へ行く。俺ならそれは夢物語じゃない。廃棄世界でなければ、俺の魔力だけで姉さんは地上に留《とど》まることができる。その場合、ファルやレオニール伯爵など、この世界で仲良くなった人たちは死ぬ。

二つ、この世界を守る。魔界の中央を目指し、魔物を生み出す魔族を倒すことで世界を救うのだ。だが、それをする場合、今のままでは魔族に俺一人の力では勝てず、こうして姉さんの時間を奪いかねないという問題がある。

そして、この世界に留まればたった二年半で姉さんは消えてしまう。あのとき、聞きそびれた、姉さんがファルに俺を任せられると言ったのはこれが理由でもある。

「この前の答え、やっとでたよ……俺はこの世界を救う。だからと言って、姉さんと一緒にいることを諦めたりしない。俺は欲張りだ。全部、手に入れる。姉さんと、それから大切な人たちと一緒にこの世界で暮らしていく」

「それはとっても難しいよ」

「わかっている。それでも、なんとかしてみせる。俺は、この世界を好きになりすぎた。だから、無茶《むちゃ》を通して見せるさ。いつものように」

「そういうとこ、ユウマちゃんらしくて嫌いじゃないよ」

だから、まずはもっと強くならないと。

こんなふうに姉さんの力に頼っていれば、姉さんが消えてしまう。

俺は姉さんに頼らずに魔族を倒せる強さを手に入れる。

そして、強くなりながら姉さんが世界に留まり続ける策を探す。宝石の魔力を使わずに世界に留まる方法が見つかれば、タイムリミットはなくなる。

なかなか忙しそうだ。

そんなことを考えていたときだった。

背筋が凍りつくほどの、悪意の籠もった魔力を感じた。

何人もの悲鳴が聞こえる。

俺以外にも感度の高い魔術士は、その脅威に気付いたらしい。

俺は窓から、外を見る。

悪意の籠もった魔力は東の空から迫っている。

目に魔力を集中、さらに遠視と解析、二種の魔術を組み合わせることで魔眼と化す。

「……なんだ、あれは」

星が落ちてくる。

そう、とんでもなく巨大な隕石《いんせき》が落ちてくるのだ。

あれはそう、前世で俺が死んだ原因となったものとまったく同じだ。

最悪なのは、魔眼とはいえ、すでに目視できる距離まで、星が近づいていること。

まだ大気圏に突入していないがここまで近いともう砕くだけじゃどうにもならない。

破片が降り注ぎ、このあたりいったいが焦土と化す。

砕くのではなく、破片も残さないぐらいの消滅が必要だ。

「フライハルト侯爵が最後に残した言葉はこれだったのか」

悪夢をくれてやる、彼はそう言って死んでいった。

魔族が死に際に自らのすべてを代償に使う力はこれだったのだ。英雄になるという夢を見て、夢を叶《かな》え、その夢にすがり続けた男が魔族になって手に入れた能力。

おそらくは対象の悪夢《トラウマ》を具現する能力。

俺は前世で死因となったあの隕石を最大の恐怖として感じていたからこそ、隕石が具現化されたのだろう。

（対処できるか？）

……前世の俺は命と引換えに星を砕くことができた。

だが、ここには俺を宇宙まで運んでくれる大陸間弾道ミサイルもなければ、サポートをしてくれる衛星通信、演算を手伝ってくれるスーパーコンピュータもない。

アストラル・ネットワークでもスーパーコンピュータの演算力には遠く及ばない。

「また、お姉《ねえ》ちゃんの出番かな？」

「駄目だ！」

感情のままに叫ぶ。

さきほど、姉さんの力を使うと決めたのは、せいぜい宝石一つ分の魔力しか使わないという前提があったからだ。

おそらく、あの隕石を消滅させるには三つ、いや最悪残りの全てを使い切ってしまう。

俺が隕石を砕けたのは、【連鎖破壊《れんさはかい》】という力に頼らない破壊手段があったからだ。

姉さんには、そういうカードはない。

星一つを力任せに消滅させるとなれば、それぐらいに無茶《むちゃ》な消費をする。

逃げるか？　いや、無理だ。

あの速度。着弾まで凡《およ》そ一時間。

とても効果範囲からの退避は不可能。

「お願い、私を実体化して。そうしないとユウマちゃんが死んじゃうから」

「でも、やれば姉《ねえ》さんが消える」

ちょっと寂しげに姉さんは笑う。

「たぶん、そうなるね。でも、ユウマちゃんは私が思っているより、ずっと強くなってた。もう、ユウマちゃんに私は必要ないよ。短い間だけど、ユウマちゃんとまた一緒に暮らして、お姉ちゃんがいなくても大丈夫って安心したの。ほら、ファルちゃんもいるし。ファルちゃんは私とちがって、いつでもぎゅーっとできるよ」

姉さんがどうしようもなくなったら、こう言うことは予測できていた。

なんだそれは？

姉さんがいなくても大丈夫？

ファルがいるから気にするな？

ふざけるな！

「俺は姉さんがいないと生きていけないから、姉さんを求めたわけじゃない。昔の俺は弱くて姉さんがいなければ何もできなかった。でも、姉さんを追いかけ続けて強くなった。俺が姉さんと一緒に居たいのは、姉さんが好きで、ただ、一緒に居たかったからだ！」

一緒に居たい。

同じ時間を過ごしたい。

それだけだ。

姉さんは顔を赤くして、口元を押さえた。

「あははっ、すごいっ、なんか、こう、かーっとなっちゃった。どうしよ。胸がどきどきする。……そっか、うん、そうだよね。ユウマちゃんは元から強かったよね。だから、ユウマちゃんに憧れてたのに、そんなことすら忘れちゃって」

「姉さんが俺に憧れる？　そんなはずないだろう。憧れたのは俺のほうで、綺麗《きれい》で優しくて、才能に溢《あふ》れてる姉さんに、ずっと憧れて、姉さんに追いつこうと走り続けてた」

「ううん、私はただもって生まれた才能があるだけ。強いのは当たり前ですごくなんてない。私、ユウマちゃんのこと初めは見下してた。なのに、才能《ちから》がなくても必死にがんばって、あるもの全部で前に進んで、いつもちょっとだけ後ろにいるユウマちゃんが眩《まぶ》しくて、自分が恥ずかしくなった。だから、私、頑張るようになったんだよ。ユウマちゃんみたいになりたいって」

俺と姉さんは、顔を見合わせる。

そして、笑った。

お互いがお互いに劣等感を持っていた。

自分に無いものを羨ましがって、こんなに近いのに距離を作っていた。

どくんっ。

心臓の音が聞こえる。

俺の音。

そして、姉《ねえ》さんの音が。

「でもね、やっぱり私に任せて。ユウマちゃんを死なせたくないの。もう、置いていかれるのは……また、一万二千年待つなんて絶対いや。私が消えるほうがずっといい」

姉さんが涙を流す。

俺はその涙を拭う。

霊体状態なのに触れられた。

「なんで、今、触って」

「俺だって、姉さんを行かせたくない。その状態で消滅したら二度と会えなくなる」

人間の魂は巡って転生するが、天使の魂はそうじゃない。

姉さんの消滅は文字通りの無だ。

「そこもバレてたのね」

「だからさ、二人で生き残ろう。お互いにないものを合わせれば、きっとできる。俺が憧れた姉さんの力と、姉さんが憧れた俺の技が合わされば無敵だ」

「そんなことできるの？」

「ああ、きっと。召喚術士、三つ目の技。【神獣合身】。術者と召喚獣が一つになる。俺と一つになれば、姉さんは天使じゃなくなるし、この世界の存在になる。異物を排除する世界の力が働かなくなるはずだ。その状態で、俺の技を姉さんの力で使えば、宝石一つの魔力で隕石《いんせき》を消滅させてお釣りがくる」

「……天使と人間が一つになるって、かなり無茶《むちゃ》よ。できるの？」

「やるさ。想定外の事態がダース単位で出るが、リアルタイムで対処してみせる。魔導教授の力を信じてくれ」

「その二つ名、嫌いなくせに」

「姉さんと二人で生き残るためなら使うさ」

「そっか……うん、いいよ。一つになろう、ユウマちゃん。だって、ユウマちゃんが、うれしいことたくさん言ってくれるから、消えちゃうの嫌になっちゃった」

姉さんが微笑《ほほえ》んで手を伸ばす。

俺も同じように微笑み、手を伸ばした。

二人の手が重なる。

触れられないはずの姉さんに触れられたのは心が一つになったから。

二つ聞こえる心音は俺と姉さんのもの。

お互いの想《おも》いをぶちまけて、距離がなくなったからこそ、俺たちは一つになれた。

互いの熱と思いが掌《てのひら》を通じて、重なっていく。

そして姉《ねえ》さんが俺の中に入ってきた。

熱い。

だけど、心地いい。

姉さんを感じて、混じり合う。

そんなときだった。

目の前に、巨大な牙が迫ってくる。白銀の狼《おおかみ》。

この獣、見覚えがある。……あれは、フライハルト侯爵の召喚獣。

まずい、姉さんと一つになっている最中だ、動けない。ここで少しでも制御を手放せば、俺も姉さんも死ぬ。

「あの人の、最後の想い、邪魔をするなああああああああああ！」

主《あるじ》が死んだのに実体化!?　神獣の属性を持つが故に。姉さんの【絶対聖域《サンクチュアリ》】の効果が通じなかったのか。

死を覚悟する。

こんな伏兵は想定していなかった。

しかし……。

銀の獣を三発の弾丸が貫《つらぬ》き、吹き飛ばす。
この弾丸は、俺がファルに与えた杖《つえ》の。
「兄さん、ここは私に任せてください」
金色の髪を翻しながら、ファルが飛び出てくる。
その手には、銃剣型の杖があった。
相手は、魔族化して力を増した英雄が、十二分に力を注ぎ続けて顕現した神獣。
対するファルは、魔族への道を切り開くため、天狐《てんこ》に注いだ力を使い切っていた。
常識的に考えて勝ち目はない。
だけど、ファルが笑った。
そして、射撃を繰り返しながら、銀狼《ぎんろう》をここから引き離していく。
すれ違う瞬間、ファルと目が合う。
その目が語っている。私に任せてほしいと。
……あの子を信じよう。
俺は姉《ねえ》さんと一つになることだけに集中する。
遠くで、召喚獣とファルが戦う音が聞こえる。
『ファルちゃん、いい子だね』
「ああ、自慢の妹だ」

ファルがくれた時間で、俺と姉さんは想《おも》いを重ね合う。

光が満ちて、ようやく俺たちは一つになれた。

熱が背中に集まり、翼が生える。

それは黒い翼。

神聖さと激しさが同居した、不思議な翼。

『うわぁ、黒い翼とか、堕天使みたいよ。私の翼は純白だから、堕の成分、ユウマちゃんだからね！』

「いいじゃないか。悪くない。実に俺たちらしい」

『うん、かっこいいよ。行こう。二人なら星ぐらい軽く吹っ飛ばせるよ』

「ああ、そうだな。行こう、二人で」

羽撃《はばた》き、天を目指す。

ファルを助けに行けば、星を止めることはできない。

ファルを見殺しにしたわけじゃない。ただ魔力に恵まれた凡人でありながらも、俺が与えたすべてを血の滲《にじ》むような努力で自分のものにしたファルなら勝てると信じた。

俺と姉さんは、隕石《いんせき》を破壊することに集中する。

羽撃くたびに加速し、光になった。

今の俺たちなら、なんでもできそうだ。

幕間《まくあい》：妹のプライドと本音と死闘

防壁の外に銀狼《ぎんろう》が着地した。

銀狼の正体はフェンリル。英雄フライハルト侯爵の召喚獣だったもの。

魔族に堕《お》ちたフライハルト侯爵と繋《つな》がっていたフェンリルも影響を受け、存在自体が歪《ゆが》んだ。

そのおかげで受肉を果たし、術者が死んだ今もこうして生きている。

「許さない。あの人の最後の望みを邪魔するなんて」

「するに決まってますよ。だって、迷惑ですから」

にっこりとファルが笑う。

ファルを知るものが見れば、今の彼女を見て驚くだろう。

その微笑《ほほえ》みはあまりにも冷たかった。

「くそっ、あいつ飛びやがった、追いつけない。なら、せめてお前を殺してやる。星を砕けても。ぐっちゃぐちゃになったおまえを見れば、あの男は嘆くだろうな、悲しむだろうな。見殺しにした。自分のせいだと。そしたら、きっと主様《あるじ》も喜んでくれる」

フェンリルの眉間に向かい、魔力の弾丸が放たれ、フェンリルが首を振って躱《かわ》す。

「ああん？　まだ、話の途中だろうが」

「知らないですよ。私は兄さんに任せてと言ったので、その責任を果たすだけです」

狼《おおかみ》は走りながら、人の姿に変わっていく。

麗しい銀髪をなびかせ、褐色の肌を持った美女へと。

フェンリル。神獣の中でも高位の存在である彼女に人化の能力などない。

わざわざ気高き存在である彼女が、人の姿に堕ちる必要など無いのだから。

これは主が堕ちたとき、彼女も歪み、その際に獲得した力。強さを求めて得た能力じゃない。主を愛し、近づきたいと願い得たもの。

距離を詰めようとするフェンリルめがけ、ファルは杖《つえ》の機構を使った連続射撃を使う。

まともな術式を組む時間は存在しない。それほどまでにフェンリルは速い。

だが、ユウマの作った銃剣型の杖は、術式を銃身に仕込んであり、魔力を通すだけで魔術が成立する、この杖ならば迎撃が間に合う。

音速の三倍で吐き出される弾丸を、フェンリルは躱しながら距離を詰め、爪を振るがファルはしっかりと反応する。

爪と銃剣が激突し。ファルが弾《はじ》き飛ばされていく。

「人間にしてはなかなかやる……がっ、所詮は人間だ。おまえのようなやつを何人も殺してきた。人間にしては強い力で得意げになって、周りを見下し……やがて、真の強者と出会い、為《な》すすべもなく死んでいく」

フェンリルは主《あるじ》とともに次代の英雄候補を次々に殺してきた。

実に容易《たやす》かった。

そういう連中は、たかが人間にしては優れている程度の力で、調子に乗って力任せの戦闘スタイルが染み付いている。

だから、自分よりも力がある存在と対峙《たいじ》すれば為すすべもなく潰《つぶ》されるしかない。工夫も技術も準備もない。

自分より上がいるなんて想像することすらなく、気付いたときには死ぬ。

フェンリルは確信していた、目の前の少女もそういう存在だと。

今まで対峙したどの人間よりも魔力があり、若い。

力に溺れないわけがない。

ならば、することは簡単だ。

いつものように、より大きな力ですりつぶす。

「ほらほらほら、手も足もでない！　いつもおまえはこうして来たんだろう！　力任せにねじ伏せて来たんだろ！　なあ、自分がねじ伏せられるのはどんな気持ちだ！」

無言のファルに、両手、両足の爪で攻撃を仕掛ける。

やっぱり、そうだ。ファルの戦闘スタイルは圧倒的な力を活《い》かしたもの、いかに自分の力を効率的に叩《たた》きつけるかしか考えてない動き。

強者の戦い方。

もろい。

ファルは打ち合っていくうちに、力負けし崩れて隙を晒《さら》した。思いっきり腹を蹴り飛ばすと吹き飛んでいく。

「どうした、私を倒すんじゃないのか！」

腹へのダメージが大きいようでファルの動きが鈍い。

銀狼《ぎんろう》は真正面から突っ込む。もう、心が折れたのか、さきほどのように鬱陶しい飛び道具を使ってこない。

あざ笑う。ああ、なんて無様。

力任せに爪を振るう。

これで、終わり。その確信と共に。

爪と銃剣の刃《やいば》がぶつかる。最後の抵抗か。押しつぶして終わりだ。

そうなるはずだった。

なのに、空振りしたかのように感触がない。爪が銃剣の描く円運動に巻き込まれ、力が流れ、体勢が崩れ、どういうわけか気がつけば首の後ろに刃が迫っている。

何が起こっているかわからない。

わからなくてもフェンリルは本能で崩れた体勢をさらに倒して、無様に転がることでぎりぎり致命傷を免れた。首の後ろをさわると血が吹き出ている。

「どうしたんですか？　私をぐっちゃぐちゃにするんじゃなかったんですか？」

さきほどの意趣返し、ファルはフェンリルの言葉をそのまま返す。

フェンリルは怒る。

たかが、人間如《ごと》きが。

なんのつもりだ。

得意げになっているが、さきほどのは偶然だ。次はない。

「ああ、今、してやるさ！」

再び飛び込む。

より強大な力ですりつぶすために。筋肉が一回り大きく膨らむ。

だが、その結果は……さきほどと同じだ。

ファルは柔らかく受けて、流して、絡めて、巻き込んで、敵の力すら利用する。

柔の技。

それは、弱者が強者を倒すために編み出された、強者《ファル》に似つかわしくないもの。

いや、使うなんてレベルじゃない、極めたもののそれだ。

思いつきなどではできはしない。

血の滲《にじ》むような努力を何年も積み重ねなければ、この境地に至ることは不可能。どんな天才であろうと。ましてや、ファルという少女は魔力量が異常なだけの凡人。

刃《やいば》と爪をぶつけ合うたび、切り刻まれ、血まみれになってフェンリルがたまらず距離を取る。

「なぜ、なぜ、そんな技を、おまえが！」

「私も普段はこんな戦い方しませんよ。あなたの言う通り、強者らしい、自分の強みを押し付ける戦い方です。そんな戦い方を兄さんに叩《たた》き込まれました」

ファルが銃剣を構える。

もし、イノリあたりが見れば、ユウマの構えと寸分たがわぬものと気付くだろう。

ファルの戦闘スタイルはユウマがファルのために考案した、強者のためにあるもの。圧倒的な力を最大効率で叩きつけるスタイル。

ファルのスペックを最大限活《い》かすのはそれだからだ。

「なら、なぜ、使える、そこまで完璧に！」

「兄さんのことを大好きだからです。私は兄さんにもらったものを何一つ漏らさない。今の私は、私の戦い方をしてません。兄さんの戦い方をしてます。強者を弱者が倒すやり方です。……ふふっ、私、自分より強い人、倒すのすっごく得意なんです。だって、自分《わたし》が兄《にい》さんいつもそうされてますから」

ファルは弱者の戦いなど教えてもらっていない。圧倒的な魔力を持つ彼女には不要だ。

しかし、ユウマはファルを鍛えるため、自分が成長するために模擬戦を繰り返した。その数、五百六十四戦。

ファルとの戦いでユウマは、圧倒的なファルの力に対抗するために弱者の技を使う。

それはファルに教えるためではない。模擬戦の目的はファルに教えた強者の戦いの精度を上げるためにある。

だが、ファルという少女は、ユウマのすべてを知りたくて、手に入れたくて仕方がなかった。

そして、不思議な才能がある。それは愛の奇跡と呼べるもの。

記憶量は常人のはずなのに、ユウマに関することは何一つ忘れない。見たもの、聞いたもの、感じたもの。五感すべてでユウマを覚えていた。

だから、当然のように模擬戦が終わった日は、脳裏に焼き付いたユウマの姿を思い浮かべ、技すべてをなぞった。できるまで、何百回でも何千回でも何万回でも。

肉体が悲鳴を上げて、筋肉が断裂して、全身が糸を引くように重くなっても、繰り返した。物理的に動かなくなれば魔力を使って無理やり回復力を上げて、また繰り返す。できるまで。

大好きなあの人と同じになるまで。大好きなあの人が見せてくれたものをぜんぶ取りこぼさないように。

それはもはや執念だ。

その結果、弱者《ユウマ》の戦い方をトレースできるようになっていた。

「どうかしてる、おまえ」

「そうですか？　普通だと思います。大好きな人を理解したいのも、大好きな人からもらったものを大事にするのも」

フェンリルが寒気を感じていた。

自分も主《あるじ》のことを愛していた。

主のために、一緒に堕《お》ちた。人になることを願った。こうして、仇討《あだう》ちをやっている。

でも、自分は目の前の少女ほど主のことを想《おも》ってはいない。

それを心が認めてしまう。

それに気付いた瞬間、こみ上げたのは怒りだ。

こんな小娘に、自分の想いが負けるなんて許せない。

その想いが、先の光景を思い出させ、ファルへの毒を吐かせる。

「……でも、残念だったな。おまえの好きな男は他の女に夢中だ。初めて、おまえらにあった私でもわかるぐらいに明確に、おまえは蚊帳の外だ」

恋をしているからこそわかる。

あの男と天使は特別で、お互いを思い合っていた。

あの男は目の前の女を好んではいるが愛してはいない。まったく、これっぽっちも。

「はい、そうですね。……出会ったときから、ずっとそうでした。ずっとずっとずっと、兄さんは私を通して誰かを見ていたんです。私、人の顔色見ないと生きていけなかったので、そういうのがわかっちゃうんですよね」

ファルは最初から、そのことをわかっていた。

それでも、ユウマの与えてくれる優しさが欲しかった。

「兄さんって誰かさんに憧れて、誰かさんのようにしたいって思っているんです。だから、適度に手がかかって、適度に慕って、面倒には感じない。それでいて便利な機能がある。そんな可愛《かわい》いペットを欲しがっていまして。だから私はそうなりました」

淡々とファルはそう告げる。当たり前のように。

「なんで、それで、耐えられる。都合のいい存在で、愛されてもいなくて」

「いいです。だって、そこに私の居場所があるから。私を必要だって言ってくれれば、私はそれでいい」

ファルという少女は常にそうだった。

初めて、自分を必要だと言ってくれたユウマに居場所を求めた。

常にユウマが必要とする自分を作ってきた。

ユウマは自分が姉に救われたように、誰かを救いたいと求めたから、手を差し伸ばしやすい、救いやすい、そういう自分を作った。それでいてユウマが面倒だと思わないように気を使い続けた。

ユウマが助手を求めたから、それに見合う能力を身につけようとした。

自分の技を磨く練習相手を欲しがっていたから、模擬戦でぎりぎり負けるぐらいの強さを手に入れた。

代用品じゃない本物が来てもいいように、出会って一年ほど経《た》ってから妹という関係を用意しておいた。

その関係があるから、今も違和感なく、一緒にいられる。もし、恋人を望んでいれば弾《はじ》き飛ばされていた。二人の絆《きずな》は本物だ。

本物《イノリ》と会って、本物《イノリ》を見るユウマを見て、ファルはその選択が正しかったと思い知った。

ユウマのそばに居続けるには、妹という役割以外はない。

本物《イノリ》が来たあとは、より妹らしく振る舞い、同時に本物《イノリ》に好かれる努力をし、自分も本物《イノリ》が好きだとアピールした。

それが一番、ユウマにとって居心地がいい人間関係だから。

ユウマは自分と本物《イノリ》が仲良くして、なおかつただの妹でいることを心地よいと感じている。だからそうする。

本音を言えば、本物《イノリ》が嫌いだ。人格うんぬんの話じゃない、嫉妬している。あの人が来なければ良かったと呪っている。……それでも、あの人と一緒にいて求められるために必要だからファルは本物《イノリ》が好きなふりをする。

「壊れている、おまえ、おかしい」

「ひどいことを言いますね。……さてと、おしゃべりはおしまいです。長々とお話に付き合ってくださったおかげで、私にできる最強の魔術が完成しました。これ、時間がかかるんですよね。ふふっ、こうやっておしゃべりで時間を稼いで、時間がかかる魔術を使うのも兄さんの得意なやり方なんですよ。もう、小細工はしません。最後は真正面からやり合いましょう。怖いなら逃げても構いませんよ」

ファルの背後に巨大な魔法陣が浮かぶ。

それに込められた魔力は規格外であるファルに相応《ふさわ》しいもの。

術式構築の隠匿、それもまたユウマの十八番《おはこ》であり、ファルが盗んだ技術。同時に、これを作る際、アストラル・ネットワークを使っている。

ファルは、五百六十四回の模擬戦でユウマが見せたすべてを記憶し、習得している。アストラル・ネットワークすら例外じゃない。

「ふふふ、ふふふふ。そこまで人間如《ごと》きが私を舐《な》めるか！　ああああああああああああああああああああ、ふざけるなぁぁぁぁぁぁぁぁぁ」

怒号と共に、フェンリルは己のすべてを解き放つ。

溜《た》め込んだ魔力の一斉放出、召喚獣の十八番《おはこ》。

それを見て、ファルは微笑《ほほえ》む。

フェンリルは必死だった。想《おも》いの強さで負けたと思ってしまった。

ならばこそ、せめて戦いでは負けたくない。

その想いが冷静さを鈍らせる。こういう搦《から》め手も、ユウマが得意とする戦法。それをファルは正しく真似《まね》ていた。

フェンリルの放った力の奔流と、ファルの魔法陣から放出された桜色の魔力がぶつかり合う。

「やっぱり、誘いに乗ってくれました。おかげで、私が一番好きな魔術の本領を発揮できます」

力の総量はフェンリルのほうが圧倒的に上。

なのに、拮抗《きっこう》する。

それどころか、時間が経《た》てば経つほどファルが優位になっていく。

「いったい、何が」

「これっ、兄さんとの思い出の魔術なんです！」

ファルの桜色の魔力が、フェンリルの放つ力の奔流に混ざり、内側から侵食し、共鳴し、その力を桜色に塗り替えていく。

これはユウマがファルの精神世界に入り、魔族からファルを救うために使った魔術。

ユウマがファルのためだけに使った魔術。

ファルはあのときのことを思い出す。

……あのときは演技を忘れて、好きって気持ちを出しすぎて、思わずキスをしてしまった。それは妹らしからぬ行動だ。

ユウマが好む、好きの濃度じゃなくて、面倒だって思われるかもしれない重たい好きだった。

でも、それをちゃんと受け止めてくれた。

うれしかった。泣きたいぐらいに。

だから、この魔術を手に入れたかった。難易度が圧倒的で、他とは違い、習得にまる一年以上かかってしまった。

「これで終わりですよ」

もうほとんどの力を桜色に侵食し、趨勢《すうせい》は決した。

「やだ、嘘《うそ》っ、いやだ、消えたく、仇《かたき》もとれないまま。いやだいやだいやだ。私は、私は、あの人の」

桜色の魔力にフェンリルが呑《の》み込まれていく。

しかし、フェンリルは完全に呑《の》み込まれる瞬間、己の魔力、その波長を強引に変えて反発させ、ファルに支配された魔力と激突させた。

大爆発が怒り、激しい土埃《つちぼこり》が舞う。

そのおかげでフェンリルはぎりぎりで生き残った。

お互い、全力で魔力を放った。

しばらく反動で魔力は使えない。

そうであるなら、あとは肉体だけの勝負とフェンリルは考える。

勝機がある。ただでさえ、圧倒している身体能力の差がさらに広がっている。もはや技術ではどうにもならないぐらいに。

そう考えて腰を落としたタイミングで土煙の中から光る何かが飛び出てくる。

銃剣の刃《やいば》。

ファルはフェンリルが魔力の波長を変えた瞬間には飛び込んでいた。

状況判断をする速度の差、それが勝敗を決める。

ファルはこの展開を読んでいた。ユウマという、なんでもありなびっくり箱との模擬戦を繰り返したことで鍛えられ、ありとあらゆることを想定する癖がついていた。

刃がフェンリルに突き刺さるが、強力な神獣であるが故に浅く致命傷には程遠い、ファルは即座に発砲。

魔力弾じゃない、最後の保険にユウマが一発だけ仕込んだ魔力を使わない実弾兵器。

胸に大穴が開く。即死だ。

「兄さんの保険、役に立ちました」

フェンリルが崩れ落ち、動かなくなった。

「ちょっとあなたには親近感があったんです。……でも、私の想《おも》いと積み重ねのほうが上だったみたいですね。ごめんなさい」

ファルは空を見上げる。

巨大な星が落ちていた。

じっと眺めていると、その星が砕けていく。

きっと、ユウマと本物《イノリ》がうまくやったのだろう。

悔しいな。自分がユウマといてもあんなことはできない。

子ぎつねが、ぽんっと体の中から出てくる。

「ふう、あのアストラル・ネットワークっての、すっごく疲れるの」

「ありがと。あれ、ルシエちゃんのお手伝いがないと使えなくて」

「やー、ルシエはすごいの……って、そんなことどうでもいいの！　ファルはいい子すぎるの！　愛は略奪するものなの！　可愛《かわい》いから色仕掛けで一発なの！」

「あはは、どうでしょう」

「そんなんだから、だめなの。妹じゃなくて、一番になりたいとは思わないの!?」

「思ってますよ。ずっと。……でも、兄さんはそれを望んでないですから。そのときをずっと待ってます。その甲斐《かい》があって、兄さんにも変化がでてきて、最近、ちょっとずつ私をエッチな目で見てくれるようになったんです」

「それはいい傾向なの！」

「それとね、毎日お肉を食べると飽きると思いませんか？」

「んっ？　よくわからないけど、毎日お肉はさすがに飽きるの」

「ですよね。私は当面、美味《おい》しいお魚でいることにしてます。お肉に飽きたとき、手の届くところに美味しいお魚があればつまみ食いしちゃいますよね。しかも、つまみ食いがばれないとなれば」

ルシエはようやくファルの言いたいことがわかったようで、にやりとする。

「ファルは計算高いの。そういうところ、嫌いじゃないの」

「そろそろ兄さんを迎えに行きましょう。今日のことは秘密ですよ」

「やー、わかったの」

ファルは大好きなユウマを迎えに行く。

彼女の本心をユウマが知るのは、かなり後のことになるだろう。

エピローグ：これから……

あれから、いろいろと大変だった。

隕石砕《いんせき》きはバレていない。

だが、姉《ねえ》さんが天使の力でやらかしたのはみんなが見ている。

俺の召喚獣が天使であることを知っているのは、クラスメイトと教官だけであり、今まではハーピィで通していたが、召喚獣は霊体状態でも一般人が視認できる。

姉さんは美人で顔を覚えられており、あのとき降臨した天使が姉さんだということは拠点にいた兵士たちで噂《うわさ》になっている。

もちろん、拠点にいた軍の偉い人に問い詰められたが、姉さんはただのハーピィですと無理やり押し通した。

教官が協力してくれたのも大きい。

（とはいえ、人の口に戸は立てられない）

いずれ、噂として広まり、そのうち有力貴族やら、王様やらに呼び出されるかもしれないが、そのときのことはそのときに考えよう。

そして、フライハルト侯爵のことは黙っている。

彼への配慮じゃない。彼はまだ英雄であり、誰かの心の支えになっている。それを奪うことはしたくない。

今は拠点を出て、学園に戻る帰路についていた。クラスメイトは昨日から、姉《ねえ》さんに話しかけたくて仕方ない様子だが、牽制《けんせい》し合って遠巻きに見ている。

「ふふふっ、触れる、ユウマちゃんに触れるよ。うふふふ」

そして、姉の天使バレ以外にも問題があった。

あのとき、心が通じ合って以来、実体化しなくても触れられるようになっている。不思議とお互いのことを五感すべてで感じられていた。

うれしくはあるが、姉さんの歯止めが利かなくなって少々厄介なことになっていた。

「ユウマちゃんって抱き心地いいよね。がっしりしていて、男の子って感じがするの」

満面の笑みで宙に浮いて、後ろから抱きついてくる姉さん。

昨日からずっとこの調子だ。

そのせいで、今だってクラスメイトたちの嫉妬に満ちた視線が痛い。

あの天使降臨事件で、居合わせたほぼ全員が姉さんに惚《ほ》れた。男も女も関係なく。

嫉妬を通り越し、もはや殺意すら感じるのだが、誰も俺と姉さんを引き剥《は》がそうとしない。姉さんの邪魔をして、嫌われることが怖いのだろう。

一人だけ、例外がいた。

「あっ、あの、ここは敵地なので、兄さんの両手を塞ぐのは危ないです」

　ファルだ。その後ろでは天狐《てんこ》のルシエが応援をしていた。「愛を取り戻すの！」。どことなく聞き覚えがあるフレーズ。

　おとなしいファルがこういうことをするのは意外だ。

「もしかして、お兄ちゃんを取られるのが怖くなったのかな？」

「そっ、そんなことないです。ただの正論です……他意はないです。本当ですよ？」

「安心して、私はユウマちゃんのこと大好きだけど、独り占めする気はないの。ほら、おいでおいで、一緒にユウマちゃんをぎゅっとしよ。ファルちゃんはユウマちゃんのお気に入りだし、許してあげる」

「兄さんをぎゅっ……そんな、でも」

　ちらっ、ちらっ、とファルは俺を見る。

　この子は昔から恥ずかしがり屋だ。ただ、俺の布団に入り込むほうがよほど恥ずかしいと思うのだが、未《いま》だにファルの感性がよくわからない。

「しょうがないな」

　俺は癖になっているいつもの苦笑をしてファルを抱きしめた。

　もし、俺も姉さんを誰かに取られそうになったら、不安になるだろう。ファルの気持ちは理解できる。

だから、行動で大丈夫だと伝える。これも兄としての役目だ。

「ふぁうっ⁉ そんな、みんな見てます」

「別にいいだろう。兄妹《きょうだい》なんだから」

姉弟《きょうだい》は仲が良くて当然で、多少過激なスキンシップなんて当たり前だと俺は姉《ねえ》さんにならっている。

ファルの胸の中にすぽっと収まる感じもなかなかいい。こう庇護《ひご》欲をかきたてる。

嫉妬の視線が倍になったのは気のせいじゃないだろう。ファルは美少女で性格もいい。

惚《ほ》れている奴《やつ》も多いのだ。

ちょっと胃が痛くなってきた。

でも……。

(いいな、こういうの)

姉さんがいて、ファルがいる。

俺が求めた幸せがここにある。

だけど、この幸せはあまりにも儚《はかな》く、脆《もろ》い。

だから、頑張らないといけない。

俺が大好きな人たちと共に生きていくために。

そして、俺にはそれができるだけの力があると信じている。

あとがき

『英雄教室の超越魔術士』を読んでいただき感謝です。著者の『月夜涙《つきよるい》』です。

主人公のユウマは現代魔術を極めた魔術士。命と引き換えに世界を救い……大好きな姉ともう一度会うために、その魔術を使い転生する。しかし、転生した先は異世界で姉はいなかった……普通なら諦めるところですが、なら世界を渡る魔術を作ろうとする。クールだけど熱い男。そんなユウマが無双していく物語。そして、本作はラブ推しです！

天使な姉さんイノリと、ブラコンな妹ファル。二人の魅力を存分に楽しんでください！

【宣伝】

スニーカー文庫様にて『世界最高の暗殺者、異世界貴族に転生する』を刊行中！　道具として使い潰された暗殺者が転生し、今度は自分のために生きる。本作を気に入ってくださったならそちらも読んでみてください！　自信作ですよ。

最後になりますが、公式アカウントを作っていただきました！　本作の様々な情報がチェックできます。是非、フォローを！

魔族を討伐したユウマ達に
「私を、兄さんの本当のお嫁さんにしてくれますか？」
「さようなら、兄さん」
「私、いつの間にか兄さんより強くなっちゃってました」
新たなる危機が降りかかる。
「俺はファルに本気なんて一度も見せたことがない
……すぐに真似したがるからな。
ファルにできることしか、
やってこなかったんだよ」
最愛の義妹の想いを守るため、
至高の兄が世界をぶち壊す――！
英雄教室の超越魔術士
～現代魔術を極めし者、転生し天使を従える～
第2巻2020年夏発売予定！

MF文庫J

英雄教室の超越魔術士
～現代魔術を極めし者、転生し天使を従える～

2020年 4月 25日　初版発行

著者　月夜涙

発行者　三坂泰二

発行　株式会社 KADOKAWA
〒102-8177 東京都千代田区富士見 2-13-3
0570-002-001（ナビダイヤル）

印刷　株式会社廣済堂

製本　株式会社廣済堂

Printed in Japan　ISBN 978-4-04-064546-9 C0193

●お問い合わせ（メディアファクトリー ブランド）
https://www.kadokawa.co.jp/（「お問い合わせ」へお進みください）
※内容によっては、お答えできない場合があります。
※サポートは日本国内のみとさせていただきます。
※Japanese text only

◇◇◇

【ファンレター、作品のご感想をお待ちしています】
〒102-0071 東京都千代田区富士見2-13-12
株式会社KADOKAWA　MF文庫J編集部気付「月夜涙先生」係　「あゆま紗由先生」係